TIME TRAVELLE

时间旅行者 系列

火车站谜案

［葡］瑞吉娜·贡萨尔维斯 著　刘勇军 译

时代出版传媒股份有限公司
安徽少年儿童出版社

著作权登记号：皖登字 121414022 号

Copyright © 2008 by Regina C. B. Goncalves.
All rights reserved to Editora Viajante do Tempo Ltda.
This translation is translated from the original in English: *Einstein, Picasso, Agatha and Chaplin*, published by arrangement with Editora Viajante do Tempo Ltda through Rightol Media in Chengdu.

本书中文简体版权经由锐拓传媒取得(copyright@rightol.com)。
由安徽少年儿童出版社出版发行。

图书在版编目(CIP)数据

火车站谜案/(葡)贡萨尔维斯著，刘勇军译. —合肥：安徽少年儿童出版社，2016.1(2019.1重印)
(时间旅行者系列)
ISBN 978-7-5397-8258-4

Ⅰ.①火… Ⅱ.①贡…②刘… Ⅲ.①儿童文学－长篇小说－葡萄牙－现代 Ⅳ.①I552.84

中国版本图书馆 CIP 数据核字(2015)第 232416 号

SHIJIAN LÜXINGZHE XILIE HUOCHEZHAN MI'AN
时间旅行者系列·火车站谜案

[葡]瑞吉娜·贡萨尔维斯 著
刘勇军 译

| 出版 人：张克文 | 策　划：丁　倩 | 责任编辑：丁　倩　王笑非 |
| 装帧设计：唐　悦 | 责任校对：冯劲松 | 责任印制：田　航 |

出版发行：时代出版传媒股份有限公司　　http://www.press-mart.com
　　　　　安徽少年儿童出版社　　E-mail：ahse1984@163.com
　　　　　新浪官方微博：http://weibo.com/ahsecbs
　　　　　腾讯官方微博：http://t.qq.com/anhuishaonianer（QQ：2202426653）
（安徽省合肥市翡翠路 1118 号出版传媒广场　　邮政编码：230071）
市场营销部电话：(0551)63533532（办公室）　　63533524（传真）
（如发现印装质量问题，影响阅读，请与本社市场营销部联系调换）

印　　制：阳谷毕升印务有限公司
开　　本：710mm×1000mm　　1/16　　印张：12　　字数：161 千字
版　　次：2016 年 1 月第 1 版　　2019 年 1 月第 8 次印刷

ISBN 978-7-5397-8258-4　　　　　　　　　　　　　　定价：29.80 元

版权所有，侵权必究

销量突破百万，已售出六国版权，人气暴涨进行**时**！
葡萄牙畅销书作家，国内知名译者、画者合作无**间**！
穿越过去、现在、未来和多个平行空间的冒险之**旅**！
破文明密码、听伟人启示、迎生死挑战的震撼之**行**！
会逻辑推理、懂生存技巧、知科学常识的学习王**者**！

编者的话

太阳和地球的运动很复杂？不！爱因斯坦用一张床单、一个柠檬和一个西瓜就能解释。

反射原理很难理解？不！阿基米德借"死亡之光"火烧敌舰，就能轻松诠释其中奥秘。

书中精彩的情节完全可以成为老师趣味课堂的讲解案例，重在强调学科间联系的跨学科学习方式更值得推荐，故本书享有"欧洲具有影响力的学习型小说"的称号。分册被巴西教育部、巴西理论数学和应用数学研究所、著名私立学校等选为教材，是家长和老师都可以放心的一套课外书！

超时空旅行 + 爆棚的知识 + 烧脑的挑战
=
活百科全书

特殊时间
融合过去、现在和未来，堪比《星际穿越》。

神秘地点
埃及、希腊、巴黎、意大利、外太空……

课堂知识
涉及历史、美术、音乐、物理、数学……

课外知识
生存技能、交流技巧和逻辑推理能力……

名人对话
福尔摩斯、爱因斯坦、毕加索、阿基米德、卓别林……

角色扮演
侦探、神使、特工、飞行员……

生死挑战
破案、飞行、设计机关……

序 言
XU YAN

凯厄斯是个普普通通的少年,就像你一样,喜欢玩电脑、打游戏、看电视、踢足球……但他最爱的是滑板。

凯厄斯的爸妈总是在他的耳边唠叨着要在学校里获得更好的成绩,这让他觉得有点儿喘不过气。有一天,他正在上网,突然听到"哔"的一声,一封来源不明的电子邮件闪烁着。凯厄斯打开邮件,只见上面写着:

欢迎你,我的好奇小子!

身处险境的人正需要我们的帮助,谁能解决这个谜题,谁就将拯救他们。

时间之谜:

清晨,我是蒙童;

傍晚,我是猎人;

第二天,

周围的一切,

皆被我抛弃。

我是谁？

用你最快的速度解谜！

凯厄斯盯着那封邮件想了想，键入了他的答案，然后……"咻"的一声——他不见了！凯厄斯被吸入了时空隧道，不知不觉地接受了他的使命：到过去、现在、未来和平行空间里去，探访人类的文明宝藏，见证重大事件的发生。

这就是你正在读的这套"时间旅行者系列"的由来。这是一套大人和孩子都会喜欢的幻想小说。在神秘、悬疑的故事中，将各种领域的知识——世界历史、艺术、哲学和科学等融为一体，碰撞出奇特的火花，让另一位时间旅行者收获阅读的快乐、积累知识并激发好奇心。而那位时间旅行者，就是你！

凯厄斯·奇普将去发现历史，亲历那些关键的转折点。经过一次次冒险，他变得越来越成熟，并且明白一个道理：要搞定各种麻烦，就必须发挥自己的才能，比如推理的力量！这已经成为他在冒险中学到的最厉害的本事，并能运用得恰到好处。

穿过时空隧道的大门，凯厄斯正走向他的使命。

冒险的下一站：《火车站谜案》。

目 录
MU LU

第一章　午夜谋杀案　1

第二章　三位神秘朋友　10

第三章　探案开始　23

第四章　神奇的溜冰鞋　35

第五章　咖啡馆的记忆　43

第六章　趣解相对论　58

第七章　电影大师　79

第八章　笔记偷盗案　85

第九章　惊人的派对　90

第十章　吉卜赛人的预言　106

第十一章　玛丽的谜团　120

第十二章　墓地线索　126

第十三章　相片中的人　133

第十四章　尸体的脸　141

第十五章　夜访收容所　151

第十六章　黎明的死亡　158

第十七章　火车站的道别　165

第十八章　出人意料的结局　170

第十九章　迟来的信件　178

第二十章　伟大的飞行员　184

火车站谜案

第一章 午夜谋杀案

狂风呼呼地刮着，指示牌在风的吹动下一次次地撞击着柱子，悲恸的呼啸声响彻空旷漆黑的街道，几乎将一个年轻人的脚步声淹没其中。凯厄斯·奇普——这名时间旅行者独自走在这片阴暗、陌生的地方，他唯一能做的就是拉下帽子，盖住冰凉的耳朵，把手伸进宽松的百慕大短裤①的口袋里。他不知该往何处去，只好沿着铁轨走啊，走啊，终于走到了下一站。其实他走的距离并不远，可夜凉如水，他的肚子又饿得"咕咕"叫，所以这段路像是总也走不到头似的，他开始感到万分沮丧。

一到达光线昏暗的火车站，周围的空旷感便铺天盖地向他袭来。车站沉浸在一片令人痛苦不堪的死寂之中，他待在原地一动不动。可忽然间，两匹烦躁不安的马拉着一辆马车沿着崎岖不平的鹅卵石路跑过，打破了这一刻的沉寂。凯厄斯长舒了一口气，甚至还想吹口哨吸引车夫的注意，可他犹犹豫豫地错过了机会。他有些恼怒，只好继续在偌大的火车站闲逛。这时，他注意到两张铁椅附近有个东西。他快步走过去一看，发现原来是有人把一盏点亮的提灯落在了那里。他跟捡到宝一样小心翼翼地拿起那盏灯，随

---

①百慕大短裤是一种长至膝上两三厘米的短裤，款式一般较为随便，最初为百慕大群岛的男士配半筒袜穿，故因此而得名。

即便去寻找线索了——他得弄清楚自己身在何处啊！

前方几步远的巨大雕刻木钟下有一块黑板，上面写着通往几个法国城市的路线。"巴黎北站"的名字和下一趟列车出发和抵达的时间也在黑板上。不过，真正吸引他注意的是那个年份——1905年。就在他满脑子都在琢磨这些新信息的当儿，一个声音突然响起，分散了他的注意力。

凯厄斯循着这个奇怪的声音，来到了铁轨的另一边。一列货车一动不动地停在那里。他意识到那声闷响是从其中一节空车厢里传出来的。在好奇心的驱使下，他缓缓地爬上那节车厢，将提灯举到头顶上方，然后把头轻轻地探进车厢里面。那一刻，时间似乎凝固了！

他惊恐地睁大眼睛，盯着一个男人扭曲的脸，那人的脸色白得了无生气，舌头垂在张开的嘴巴外面，非常骇人。那顶又旧又烂的贝雷帽慢慢地从这个几乎已经没有生命迹象的人的头上滑下来，露出了一头灰色短发。那人的眼睛转向凯厄斯。他的眼珠子深嵌在眼窝中，眼周是恐怖的黑晕。那眼神像在求救，可绝望的光芒渐渐消逝，取而代之的是极度的呆滞。但他那毫无生气的躯干依旧直挺，此前死死抓着脖子的手缓缓地滑下破烂的大衣，露出勒死他的电线。

一股强烈的恶心感涌上来，凯厄斯惊得差点儿向后跌倒。提灯猛烈地摇晃着，灯光投射到尸体后面的另一个人身上——只见那人正抓着缠绕在尸体上的电线。那人是个大高个儿，有着一头棕发，身着黑色西装。发现这个年轻的目击者后，他那双刚刚杀了人的手便松开了第一个受害者，随即弯成索命的爪子形状，准备扑向他的新猎物。他撇撇上嘴唇，露出一丝狰狞的笑和一对犬齿。凯厄斯吓得浑身猛一哆嗦，他连忙深吸一口气，可那口气卡在他干涩的喉咙里。他眼里满是恐惧，眼睛一眨不眨地盯着眼前的恶徒。但他脑中一团乱麻，腿已经麻木得动弹不得，根本无法冷静地思索逃跑路线。那个目露凶光的男人冲他的方向迈了一步。就在那一刻，凯厄斯的身体

里迸发出一股力量,他猛地把提灯向凶手扔了过去,拔腿就跑。

凯厄斯拼命跑过狭窄湿滑的街道。谋杀现场的画面就像第二个影子紧随其后。看到建筑物漆黑的窗户,他觉得痛苦万分。所有窗户都在守护里面安稳睡觉的人,而那些人做梦也想象不到他此刻正经历的戏剧性遭遇……他不敢叫,害怕追他的人会听到。跑,他只想跑,跑得越远越好……路灯玩的光影游戏让他惊惧不已,他想象它们幻化成了那个杀手的扭曲的影子。

他那张汗水淋漓的脸,还有所有的胡思乱想,似乎通通浮现在商店的橱窗上。每瞥一眼,凯厄斯的目光就集中在那些映象上。映象制造出了重叠的画面,组成了一幅拼贴画。拼贴画的轮廓就像那个被勒死的人扭曲的侧脸,那人直勾勾地盯着他,眼睛外凸,牙齿尖利。就在这幅想象出来的图画中心,他可以分辨出那个凶手的模样,认出他那丑陋的厚嘴唇和凶残的笑容。那人的眼球从眼窝中凸出,一张脸极度扭曲。爪子一样的手攥着那根取人性命的长电线。这个犯罪现场的背景就是那列火车,画得非常幼稚,像是出自孩童之手。左上角有一幅他妈妈的素描,她的脸因为泪水横流而丑陋不堪,只有颤抖的手才能画出这样的作品。左下角是一幅可怕的图像,上面有一座坟,坟上插着一块墓碑,碑上用血写着他的名字:凯厄斯。所有这些场景在他充满恐惧的心中萦绕不去,搅得他更加混乱,每到一个街角,他都不知道该向何处去……这个方向对吗?走到这边,会发生什么情况?往那边走,又会出现什么状况?他的处境会好转吗,还是越发糟糕?凯厄斯整个人都糊涂了,担心得要命,结果一头撞到了一个人身上。

"当心点!"那个穿制服的人喊道,"你怎么回事儿,小子?"

"警官,警官,有人在追我。我刚看见一个死人。"凯厄斯上气不接下气地说。

"不要慌,慢点说……告诉我怎么回事?"

"有人……有人要杀我。他在火车车厢里杀了个乞丐,就……就……在

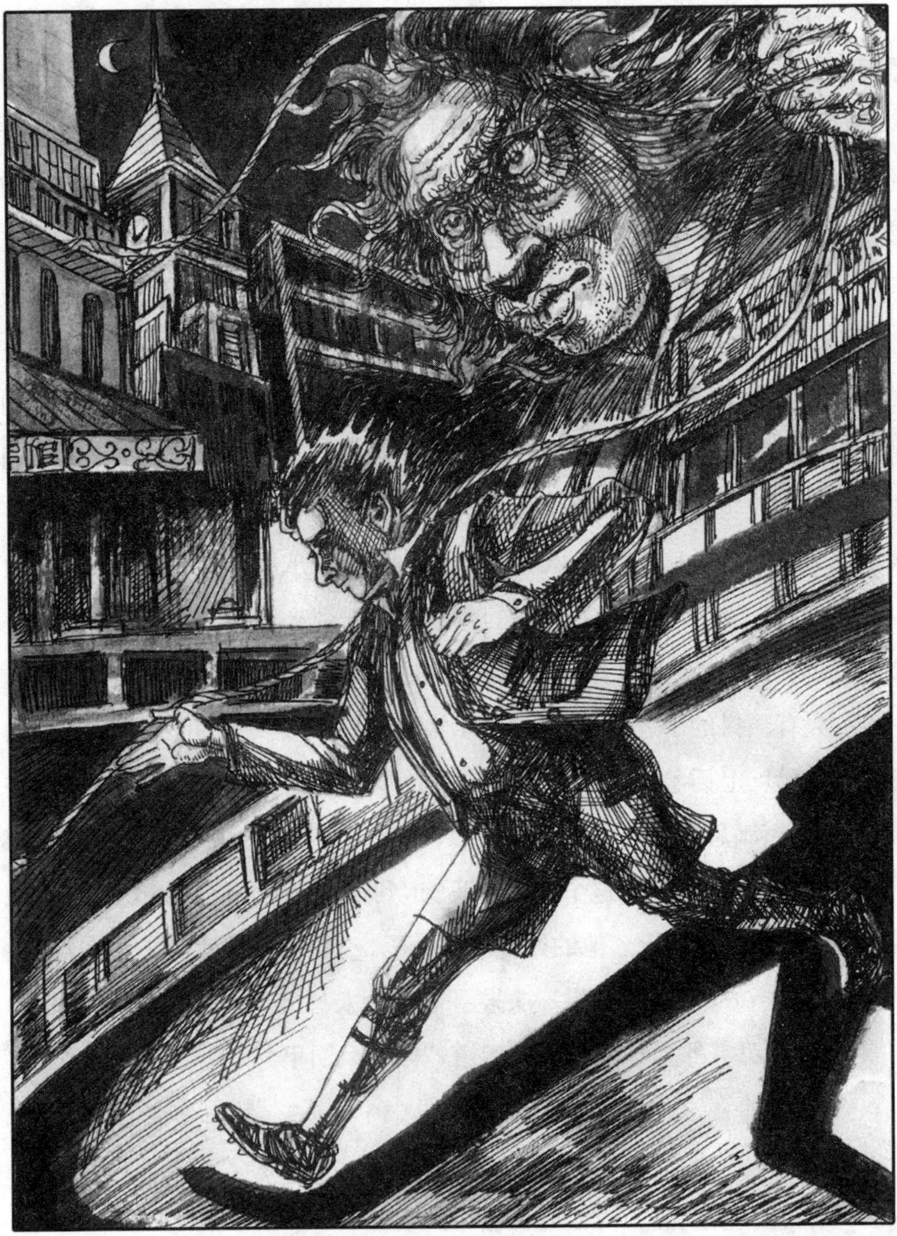

车站那头。"

"什么意思？你说清楚！"警察一把抓住他的肩膀，紧张地大声喊着。

"我看见了！是我亲眼所见！车厢里有个死人，那人死了！"

"怎么可能？这个时候车站已经关门了啊。你去那里干什么？你父母呢？你住在哪儿？"警察生气地抓住凯厄斯的胳膊，"说话啊，小子！"

"放开我！我没骗你。你跟我去车站，我告诉你乞丐的尸体在哪儿。"凯厄斯绝望地喊道。

"乞丐？别再瞎说了，小子！告诉我你住哪儿，否则我马上送你去警局。"警察命令道。

"不要！"凯厄斯奋力挣脱，撒腿就跑。

"回来，小子，回来！"警察站在原地大声喊道，"我是为了你好！"

凯厄斯在他自己也分不清方向的街道上一路狂奔，直到跑得筋疲力尽，他才不得不在一条黑魆魆的死胡同里停下来休息。汗水顺着他的脸直淌，他大口大口地喘着气。他靠在几个大垃圾桶后面歇会儿，尽管他很想打起精神，但不争气的身体却疲惫不堪，不一会儿他就沉沉地睡了。不过，他起码可以暂时逃离那个噩梦。

"砰！"他的身上挨了一脚，立马醒了过来。

"醒醒，孩子！"一名警察一边喊，一边踢着他的腿。

"什么呀？"凯厄斯揉了揉眼睛，坐起来咕哝道，"噢，见鬼，又是警察。"

"我可没时间老跟你耗着。快离开这儿，否则我把你关进大牢里。"

"我饿死了。"凯厄斯抱怨道。

"快走，小子，你要是真饿了，就去收容所。那才是你该待的地方。赶紧走！"

"收容所？收容所在哪儿啊？"他说着站了起来，向四周细细打量一番。

"在巷子的拐角那儿。你赶紧离开这儿，我的耐心可是有限的。"

凯厄斯很快起身,朝拐角走去。那名警察盯着他的一举一动。尽管那天时候尚早,但人行道上已经有不少行人,马车"咔嗒咔嗒"地碾过铺砌的路面。凯厄斯很快意识到周围的人都好奇地打量着他,特别是那些戴着宽边帽、穿着长裙、在高高的衣领上别着胸针的女人。肯定是凯厄斯那身奇怪、肮脏的衣服吸引了别人的注意力。他弓着背,将衬衣紧紧摁在胸前,加快脚步。

他穿过街道,看到不少乞丐在一幢房子那儿排队,便径直走了过去。他进屋后大步走向柜台,从一堆外套里拿了一件。尽管外套太大,他还是穿上了。忽然,凯厄斯闻到一股汤的味道,这个时候闻到这种香味,简直像是闻到了山珍海味,他不由自主地穿过走廊,朝散发香味的方向走去。一些老头坐在一张长桌子的一边,他则在另一边选了个地方坐下来,很快就把食物消灭光了。喝完最后一口汤,他抬头向门口看去,这一看把他吓得不轻。他看见了先前碰到的那名警察。凯厄斯连忙缩起脖子,用竖起的衣领遮住面颊,确定警察离开后才探出头来。等到他的情绪再次平复后,他又拿了一碗汤。

"饿了吧,孩子?"一个梳着发髻的老妇人问,她手里拿着一个面包篮,"想吃吗?新鲜着呢。"

"噢,好啊,拜托了!"凯厄斯微笑着说。

"我好像从没见过你。"老妇人一边说,一边扶着她那副老是滑到鼻尖的眼镜,"你叫什么名字?"

"凯厄斯·奇普,你呢?"

"我是杜宾夫人,这地方是我帮忙打理的,跟我一起管理这里的还有萨缪尔牧师。你一个人来这儿的吗?你父母呢?"她的小眼睛越过镜框上方,看着凯厄斯。

"呃……"凯厄斯避开了老妇人的目光,结结巴巴地说,"我一个人在外

面旅行。我的父母已经不在了。"

"可怜的孩子。"老妇人叹息道,摸了摸凯厄斯脏兮兮的脸,"你住在哪儿?"

"我是黎明前来到这里的,还没找到住的地方呢。"

"黎明前来的?"听到这话,老妇人显然很震惊,"那你以前住在哪儿啊?"

"我在车站,呃,我……"他欲言又止,犹豫着到底要不要将目睹的谋杀案告诉这位好心的妇人。

"跟我说说吧,孩子,到底出什么事儿了?"

"我看到有个人被勒死了。"他终于说道。

"真的呀?你看到凶手的脸了吗?"

"看得不是很清楚。"

老妇人盯着他看了一会儿,说:"噢,天哪,怎么会发生这样的事情?"她把面包篮放在大腿上,挨着凯厄斯坐了下来,"原来警察找的人是你啊。"

"警察?"

"我跟你说实话吧,孩子。刚才有个警察在找一个男孩,说是那个男孩向他报告了一起谋杀案。他觉得那个男孩有些古怪,吩咐我说只要看到那个小孩就马上向他报告。"老妇人笑了笑,轻轻拍着他的背,"如果你真看到有人犯罪,那应该去找警察,把你所知道的情况一五一十地告诉他们。"

"不行!"凯厄斯紧张地往后面缩去。

"你为什么不去报警?"

"我、我,反正就是不行。"他小声说。

"为什么不行啊?"杜宾夫人说,"你要是害怕,我可以陪你去。"

"不行,还是算了吧。我现在就一个人在这儿,要是冒冒失失地到那里去,警察可能会把我抓了。"

"你确定？"

"是的,我确定。"

"也许你说得对。要是警察听了你的话,知道你连父母都没有,没准会把你送到孤儿院去。我想你应该不会喜欢那里。"她慢慢摇着头说。

"孤儿院！"凯厄斯倒吸了一口凉气,"不,绝对不行。"

"呃,凯厄斯,如果你不想去孤儿院……那你有地方待吗？"

"没有,我不是已经跟你说过了吗？"他皱着眉头说。

"是啊,是啊,你的确跟我说了。我在想,你不能就这样在街上流浪。那就跟我走吧！我带你去我住的寄宿旅馆。"她坐直了,冲凯厄斯开心地笑了笑。

"寄宿旅馆！"凯厄斯的心情立马有了好转,但他随即又懊恼地低下了头,"可是我没钱。"

"别担心。你可以用干活的方式支付报酬。我们可以走了吧？看看你的脸,你现在真得休息一下,好好洗个澡了。"

在去寄宿旅馆的路上,凯厄斯和杜宾夫人经过一个小巷子,一个男人朝她喊了起来。

"杜宾夫人！"

老妇人整了整裙子的腰带,转身看着那个叫她的高个子男人。

"杜阿尔特先生,你好吗？"

"我很好,夫人。"

"今天的天气真不错,不是吗？"她眯缝着眼睛,抬头看着天空,笑了笑。

"是啊,夫人,您到这个小巷子干什么？"他问。

"噢,我想带这个小朋友去我们的寄宿旅馆。"

"噢,他是新来的吗？幸会！"男人取下帽子对凯厄斯说,"我叫让·杜阿尔特。"

"我叫凯厄斯·奇普。"男孩回答道,抬手打了个招呼。

"夫人,您不应该从这儿走,这里非常危险。"那人再次看着老妇人说。

"噢,得了吧!"她不耐烦地说,"大白天有什么危险的,你也知道从这条路过去最近了。"

"像您这样的女士可不能冒这样的危险。如果您允许,我愿意陪您。"

"可是,你不是刚从那边过来的吗?"

"是啊,不过不要紧。我只是在这里随便走走,随便拍几张照片。我可以陪您吗?"

"既然你这么坚持,那我们就一起吧。"老妇人说。

"嗯,夫人。"

第二章 三位神秘朋友

"丁零!"杜宾夫人按响了寄宿旅馆前台的小铃铛。

"来了,来了!"一个披着披肩的女人嘟囔着说。女人头发花白,眼睛乌黑,额头上的皱纹很深。她拄着拐棍,匆匆下了楼。她站到前台后面说:"真是的,杜宾夫人!别这么急啊。你要知道,我可是把他们一个人当好几个使哪。"

"布兰奇夫人,"杜宾夫人说,"我今天正是为这事儿而来。我找来这个男孩帮你打理旅馆。"

"噢,不,不!"女人看起来吓坏了,紧紧地将披肩摁在胸前,"不要告诉我他又是你找来的乞丐。"

"不是的,夫人,这个男孩并不是收容所的无家可归者。"

"噢,不是吗?"她半信半疑地打量着身穿肥大外套的凯厄斯,"那这小子是从哪里来的?我家可不收留陌生人。"

"夫人,"陪杜宾夫人前来的让·杜阿尔特打断她的话,"他留在这里有什么问题?你自己不也承认需要帮手嘛!这个小孩身体强壮,而且很健康,可以轻松地帮你擦擦窗户、跑跑腿什么的……你只要管他吃住就行了。"

"不,客房可不行,我顶多让他住在储藏东西的阁楼里。而且,他还得帮我打扫房间。"

"没问题，"杜宾夫人笑道，"你会接受的，对吧？"

"没问题。"凯厄斯坚定地说，但心里有点恼怒，"我觉得挺好的。"

这时，一个长着赤褐色头发的高个子女人从老房东后面出现了。

"他是谁啊？"高个子女人看着凯厄斯，用严肃的语气问。

"别在意他，艾尔普拉姆夫人。"布兰奇夫人一边说，一边跛着脚走上楼梯，"只不过多了一张要养活的嘴而已。"

"马琳！幸亏你在这儿。"杜宾夫人对高个子女人说，"你能帮我个忙吗？"

"没问题啊。要我帮你做什么？"

"现在我得尽快回收容所，我不在的时候，你能帮我照顾凯厄斯吗？"

"当然可以，当然可以。"女人将手放在凯厄斯的肩膀上，"这里来了新人，我也挺高兴的。"

杜宾夫人回头看了一眼凯厄斯："待在这里，孩子，不要走，知道吗？"

"来吧，小孩。"马琳对凯厄斯说，"我带你去看看你住的地方，然后……"她顿了顿，眯缝着眼睛看着他，"首先，我得给你找几身衣服……"她说着翘起鼻子，在空气中嗅了嗅，"要不先洗个澡怎么样？"

凯厄斯洗了个冷水澡，跟着马琳·艾尔普拉姆夫人在外面转悠了四个小时后，他终于可以独处了。他找了个空房间，躺在沙发上休息。他入神地盯着天花板，希望把最近发生的事理出个头绪。这时，小桌子上的一张报纸吸引了他的注意力。他一把将报纸拿过来，焦急地翻找着，终于找到一页看起来。

"在看犯罪版啊？"沙发后面一个红头发的女孩问道，她也想看那篇报道。女孩的年龄比凯厄斯稍大，穿着一条灰色的裙子，上身穿着一件外套，白衬衣的衣领上别着一个花饰胸针。

"什么！"凯厄斯惊讶地说，赶紧把报纸合上。

"冷静点儿。"她举起双手说，"我可不是真想吓你，只是好奇。你这样看报纸，八成是在找什么特别的东西。对了，我叫玛丽。"

"我叫凯厄斯,我只是在看报纸打发时间。"凯厄斯说着把报纸放了下来。

"可惜,"少女噘着嘴,失望地说,"我以为终于可以在这个无聊的地方找个兴趣相投的人聊聊天呢,看来是我一厢情愿了。"她叹气道,"这里的人既不喜欢看书,也不喜欢说话……你喜欢侦探故事吗?你看过福尔摩斯的探案故事吗?"

"福尔摩斯!"凯厄斯开心地说,"我对他太了解了。"

"那你肯定也喜欢他的书吧?太好了!"

"我觉得他很酷。"

"你的意思是他这人很'冷'?[①]"女孩皱着眉头说,"他是侦探不假,可这跟温度有什么关系啊?对了,我刚才猜得没错吧?你喜欢在报纸上寻找悬而未决的疑案,对吗?"

"也不是。车站死了个人,我在找相关线索。"

"车站死了个人?"听到这话,女孩显然很兴奋,挨着凯厄斯坐在了沙发上,"什么时候发生的?"

"就是今天,天还没亮的时候。"

"你觉得能在报纸上看到相关的报道?噢,得了吧!如果真是天亮前发生的,那也只能在明天的报纸上看到了,大概要到十一点钟的时候。"

"十一点!"

"当然啦。报纸到蒙马特区[②]不得花时间嘛。"

"该死的!"

[①] "cool"原意是冷,作为青少年流行语有"酷"的意思,但在书中的年代尚未有这种使用方法。

[②] 蒙马特区,位于法国巴黎市十八区的一座约一百三十米高的山丘上,在塞纳河的右岸。蒙马特高地著名的旅游景点有白色圆顶的圣心教堂、圣彼埃尔教堂、小丘广场、皮嘉尔广场、洗濯船等。许多艺术家都曾经在蒙马特进行创作活动,包括画家萨尔瓦多·达利、阿梅代奥·莫迪利亚尼、克劳德·莫奈、巴勃罗·毕加索与文森特·凡·高等人。蒙马特也出现在许多电影场景中。

"对了,跟我说说你看到的犯罪现场呗。"

"谁说我看见了?"

"这还用说吗?我没听到马琳夫人谈论这起犯罪事件,相信我,要是连她都没说,那大伙儿肯定都不知道。她可是这里的'大喇叭'。再说了,就你那样只看报纸的犯罪版……我还猜不出有奇怪的事情发生吗?这个案子跟你也脱不了干系吧,好了,告诉我你看到什么了?"

"我看到有个人被勒死了。"

"勒死的!"玛丽想了一会儿,继续说,"在哪儿啊?"

"车站。"

"我知道是车站,可是在哪个车站啊?"她急不可耐地问。

"我想应该是……噢,对了,是巴黎北站。"

"那可是巴黎最大的车站之一。你到底看到了什么?"

"我看到一个无家可归的人,哦不,应该是乞丐,他被人勒死了。"

"你看清楚凶手的脸了吗?"

"看清楚了,哦不,也没有看清。那里光线很暗。凶手的个子很高,有着一头深色的头发,穿着一件黑西服。当时一切发生得太快了,我完全没想到,我、我只记得他看我的眼神非常冷酷,真的很吓人。"

"这不出奇。那人肯定没想到会被人发现。"她咯咯笑道,但很快就不笑了,饶有兴趣地看着他,"那么晚了你去车站干什么?"

"我?我刚到这里。我一直沿着轨道走,然后就发现了那个车站。"

"你一个人吗?"

"是啊!那又怎样?"凯厄斯尴尬地说。

女孩察觉到了凯厄斯态度的变化,很快转变了话题:"还有别的情况吗?凶手到底长什么样啊?他个子很高吗?脸上有疤痕吗?"

"没有,没有,他很正常,我是说……"凯厄斯含糊地说,发现女孩正使劲憋着没笑,"我只记得他长得挺正常的。"

"你是说,除了勒死个人以外,他看上去很正常吗?"女孩继续问道,"还有别的情况吗?"

"我就是站在那里,看到他朝我走了过来,我把提灯扔向他就跑了。"

"你确定那个乞丐死了吗?"

"肯定死了,他就死在我面前。穿黑衣的男子用一根电线把他勒死的,勒得舌头都出来了。他的脸煞白,嘴也紫了,就像……就像那块布料的颜色。"他一边说,一边指着小桌子上的绣花桌布,"乞丐的表情和眼神像是在求救,可我什么也做不了。我从来没想过自己会那样无助。可我又能做什么呢?"

"你去报警了吗?"

"没有。"

"'没有'!你什么意思?"她吼道,显然不赞同凯厄斯的做法,"你可是目击者……"

"我为什么要去报警?"凯厄斯生气地从沙发上站了起来,"我孤零零地刚到这里,谁也不认识。警方会把我送去孤儿院的。我才不想跟警察打交道呢,还是算了吧。"

"好吧,好吧,我明白。"她想了想,继续说,"暂时还是先等着吧。要是这事是天亮之前发生的,明天报纸上可能会有点消息。"

"我没骗人!是真的!"

"我相信你。你看报纸的方式,还有你讲故事的样子,让人感觉这事儿像是在你眼前发生的。我知道不是你杜撰出来的,你也没吹牛。而且我觉得你也不是那种为了讨好女孩就说瞎话的人。"她冷静地说,然后又打趣地看着凯厄斯,"听着,别那么紧张嘛,明天就会见报了,尽管也许只有几行字。"

她看着凯厄斯,笑了笑,凯厄斯的信心也有所恢复。他们正准备继续聊点儿别的话题,布兰奇夫人出现了。

"噢,小子,你在这儿啊!"布兰奇夫人的尖锐的声音吓得凯厄斯从沙发上跳了起来,"我给你带来了一份清单,上面是你要做的事情,希望你不要偷懒。要是偷懒,可别怪我不客气。"

凯厄斯仔细看着清单,吓了一跳,上面列的事情真不少!

"你已经休息够了,现在就可以出发了。"她生气地用拐棍推了推他,"快去干活!"

"等等,"红头发女孩打断了他们的话说,"你还没有把你的全名告诉我呢。"

"我叫凯厄斯·奇普。"他回答道,但已快速冲出了房间,"你呢?"

"玛丽·米勒。"她很快说。

"好了,"布兰奇夫人说,"你先在这儿等着,我马上回来。"她转身匆匆上了楼。

凯厄斯等待的时候,倚在窗户旁看着街道。他发现街上有名男子留着一头乱糟糟的棕色短发,蓄着八字胡,穿着格子西装和马甲。那人手里拿着一个箱子,走进寄宿旅馆的时候,他朝一个正要离去的女人点了点帽子。凯厄斯发现这个人有些奇怪,他头发凌乱,虽然穿着皮鞋,但并没有穿袜子,裤子还皱巴巴的。他的举止更加奇怪——眼睛瞟来瞟去,用孩童般好奇的眼神打量着周围的一切,仿佛他本人并不属于这儿,而是从另外一个时代第一次来到这么神奇的地方。

"这个手提箱是你的吗,先生?"马琳夫人下楼梯的时候问道。

"是啊,是啊。"陌生人证实道,慢慢地朝手提箱挪了挪,"我想租间房。"

"当然可以。"马琳敷衍道,她看了看那个提手上绑着一根绳子的破箱子,"你想住多久,先生?"

"我想顶多一个礼拜。"

"那就是十五法郎,包括早餐和午餐,费用须提前支付。"

"这个够吗?"陌生人从口袋里拿出一些纸钞,撒开放在柜台上。

"啊,这是德国马克!"马琳叫道。

"我没时间去换钱了。"

"真有意思,"马琳好奇地打量着他,"你看起来又不像德国人。"

"其实我既是德国人,又是瑞士人。"

"你什么意思?"她比之前更好奇了。

"我来解释一下。我出生于德国的乌尔姆,但后来入了瑞士籍。"

"这是什么时候的事儿了?"她从柜台上倾身过来问道。

"可以说是很久了,又可以说没多久。这种事儿应该是相对的。"

"你是从哪儿来的,先生?"

"瑞士伯尔尼。"

"先生……"

"呃,"陌生人亲切地握着马琳的手说,"请叫我阿尔伯特。"

"那好吧,阿尔伯特,"她微笑着捋了捋头发,"你一个人来的吗?"

"是的。"

"你是单身吗?"

"不是的。我结婚了,有个儿子。"他自豪地说。

"食宿费一共十五法郎,我们这里不收德国马克。"马琳将一只胳膊撑在柜台上,冷冰冰地说。

"那得我说了算,马琳。"这时传来了女房东布兰奇夫人的声音。她一只手里拿着桶和拖把,一只手拄着拐棍,一瘸一拐地下了楼梯。

"你先去厨房收拾下,我来接待这位客人。"她命令道。

"是的,夫人。"马琳红着脸,很快离开了前厅。

"小子,过来!"布兰奇夫人大声冲凯厄斯喊道,他只得慢慢从窗户旁边走过来,"用这些东西把地板擦了。干完后告诉我,因为我还有别的事情要

你做。"凯厄斯愣愣地站在原地,她理也不理,径直去接待处收了钱。

"没事儿吧?"阿尔伯特冷静地说。

"噢,没事儿。"布兰奇夫人和蔼可亲地说,整个人也比刚才平静多了,她将一本黑色封皮的登记簿拿了出来。

"先生……"

"请叫我阿尔伯特。"

"行吧!把这个填一下,签个名,我去准备房间。"她说完便再次离开了,留下那人在柜台前登记。

凯厄斯擦着脏兮兮的木地板,一看就像没干过活的人,他笨手笨脚地将拖把放进桶里,再猛地拉出来,水滴得满地都是。他每次把拖把拉出来的时候都没有注意,结果脏兮兮的水几乎全都溅到了过路人的身上。阿尔伯特一直都站在柜台前,身上溅到的水自然最多,他朝正在干活的凯厄斯走了过去。

"我能问你件事儿吗,孩子?"

"当然可以。"凯厄斯回答道,没再拖地了。

"你知道我是从哪边街道过来的吗?"

"右边。为什么这么问呀?"

"噢,那好。那我肯定去过咖啡馆,吃过午餐了。"他说着抬起头,目光在天花板上徘徊。

"你是不是哪里不舒服?"

"我挺好的啊,特别是刚淋了点雨,感觉整个人都精神了不少呢!"

"淋雨?"

"没下雨吗?可你看,我身上都淋湿了,我的西服也又脏又湿。"

"噢!"凯厄斯脸都红了,试图将拖把藏在背后,"对不起,我没留意。今天是我第一天在这里工作。"

"这个我信，"阿尔伯特扬了扬眉毛，小声说，"就像我相信，如果以你这样的水平还能一直在这里工作下去，那真是宇宙最大的谜团了呢！"

那人不再看凯厄斯，出了前门，一不留神撞在一个头戴黑色平顶帽、帽檐上有条金色缎带的小伙子身上。小伙子刚才一直靠在门上，看着屋里发生的事情。他轻轻地抚了抚帽子，问候了阿尔伯特，然后又看着凯厄斯。

"你看什么？"凯厄斯说着将拖把扛在肩膀上，手里仍然拿着那个桶。

"没什么，我的朋友。"他一边说，一边朝凯厄斯走近，"我只是想看看，向你学习下。我发现你真是挺厉害的，你知道吗？你做这一切真是太自然了。"

"你说什么呀？"凯厄斯说着突然旋转了一下拖把。

"嘿！"那人大声喊道。拖把差点儿打到他的脸了，不过，他机敏地闪过了："小心点儿！"

"什么？"凯厄斯不明就里地说，差点儿又用拖把打到了那人。

"给我！"年轻人一把夺过拖把，"你还真不会使用这玩意儿。"

"是啊！"凯厄斯咕哝着把桶放了下来，"你都把我搞糊涂了。"

"我不是故意的。其实我想说你是个天生的喜剧演员。"

"你就别取笑我了。"凯厄斯严肃地说。

"我没有取笑你，我的意思是说，你在舞台上一定是个伟大的演员。"

"你是喜剧演员吗？"凯厄斯满怀兴趣地问道。

"我什么都会一点儿。我是个演员，会跳舞、唱歌，还会演哑剧……"

"什么是哑剧？"

年轻人把平顶帽递给他。他拿起拖把，想象着华尔兹的节奏跳起了舞。他在房间中央停了下来，将拖把靠在椅子上。他把木棍当成了女孩的身体，想象着女孩黑色的波浪卷发拖在湿漉漉的地板上，跟"女孩"调起了情。正当表演者跟假想的伴侣交谈甚欢时，一个长相丑陋、满脸胡须的金发男子

突然打断了他。

"你在干什么,你这个懒惰的家伙?看看你把这里弄成什么样儿了!"

"噢,对不起,波尔医生。"表演者立即停了下来,惊慌失措地盯着医生,"我只是……"

"我知道你在干什么,快点儿干活!"他生气地说。那人脑门上满是皱纹,口里呼出的一股难闻的气味朝年轻人扑来:"你赶紧把这里收拾干净了,你个白痴!"他继续骂道,用力推搡着毫无防备的年轻人,差点儿将他撞倒,"你什么都不是,只不过是块废柴。赶紧干活!"

"你用不着这样对他。"凯厄斯一把抓住拖把,"我来做吧。"

"滚开!我又没跟你说话。"医生看到凯厄斯,表情立马变了。

"怎么回事?"医生突然恐慌地看着他,让凯厄斯觉得好生奇怪,"离我远点!"医生吓得大声喊道,眼里充满泪水,使劲咬着自己的下嘴唇。

"冷静点儿,医生。"年轻人想要保护凯厄斯,"千万别动手。"

"你们两个都别惹我,快去干活,快去!"医生喊道。他猛地转过身去,出去的时候差点儿将挂在门边的一幅画撞下来。

"快去干活,快去!"年轻人模仿医生说话的语气和姿势说,"老醉鬼!他有必要成天这样对待我们吗?我怎么觉得人们越来越不会笑了,变得越来越像机器了。"

"我同意,"凯厄斯点点头,"那人神经兮兮的,看起来就像一台压路机。"

"对,压路机。"年轻人同意道,又把平顶帽戴上了,"我觉得更像啤酒开瓶器。"

两人大笑一通。年轻人伸出手自豪地说:"我叫查理,算是地球上最后一个还喜欢笑的人吧。"

"我叫凯厄斯,算是倒数第二个吧。"他们握了握手。

"我看我还是不打扰你干活了,要不我又会把这里弄得一团糟。"他说完看了一眼柜台那边的落地式大摆钟,"我要回车站了。"

"车站!哪个车站?"

"就是巴黎北站呀。"

"你是说你在那里工作!"凯厄斯惊讶地说,"真是太巧了。"

"为什么这么说?你也在那里工作吗?"

"那倒没有,但今天天没亮的时候,我在那里看到了一起谋杀案。"

"你还问我是不是喜剧演员?我看你才是吧!你这是在开玩笑吗?"

"我倒希望是玩笑,"凯厄斯不安地嘟囔道,"对了,有没有人在车站发现一具被勒死的乞丐的尸体啊?"

"被勒死的乞丐?"他惊讶地看着凯厄斯大声说,"乞丐?谁会跟乞丐过不去啊?他们活下去就够费劲儿的了。你到底在说什么呀?"

"听着,"凯厄斯紧张兮兮地说,"你仔细听好了,我要把事情的来龙去脉都告诉你。"

两个男孩兴奋地交谈着,走出了门廊。

布兰奇夫人叫不怎么会干活的凯厄斯做了不少事儿,夜幕降临的时候,凯厄斯累得骨头都散了架。

不管他怎么努力,他那疲惫的身体总是搅得他心烦意乱。幸好不一会儿,身体的疲惫终于战胜了坚硬的地板和凌乱的思绪,他沉沉地睡着了……突然,一个恐怖的喊叫声让他完全清醒了,他一骨碌从床上爬了起来。

"别吵了!"一个穿着条纹睡衣的客人喊道。

"小子,你有意见?"一个穿灰色西装的秃头男子从房间出来后不甘示弱地说,而吵闹的音乐声正是从那个房间传出来的。

"你弄出这么大的动静让我睡不着。"穿条纹睡衣的男人生气地说,其他客人也出现在走廊上,在他身边围成一圈。

"我弄出的可不是噪音。我们演奏的声音也不是很大吧,伙计们?"穿灰色西装的男子回头看着后面一群音乐家,开心地说,"弄出动静的是你。看看你做的好事,把大伙儿都吵醒了。"

"出什么事儿了?"布兰奇夫人用拐棍推开摄影师杜阿尔特和波尔医生。

"没什么,夫人。"马琳说,试图让布兰奇夫人冷静下来,"埃米利亚诺先生抱怨雅各布①先生的房间里很吵。"

布兰奇夫人双手握着拐棍对雅各布说:"我不是早就告诉你不要跟你的那些艺术家朋友聚会了吗?这是寄宿旅馆,不是歌舞厅。"

"我们什么也没做,夫人。"一个西班牙人抱着吉他走出了房间,"我们刚在庆祝人生中最大的财富。"

"噢,好啊。"布兰奇夫人讥笑道,"我终于有希望看到你们这三个月的房租了。"

"不行,今天可不行。"雅各布很快说。他垂下眼睛,担心房东太太的反应:"报纸刊登了我的三篇文章,不过还没付稿酬,但是我可以答应你,月底一定会付房租,不过我得先收到稿费才能付给你。"

"希望如此,我也算是仁至义尽了。这次我可不打算收下你朋友的画作房租了。"她说完,用一根弯曲的手指指着站在音乐家旁边的那个精力充沛的朋友,"我说得没错吧!虽然我不想听你们的回答,但还是要问问,你们到底在庆祝什么?最大的财富又是指什么?"

"还能指什么,夫人?"那个西班牙人看着他的朋友,兴奋地说,"肯定是生活本身啦。"

"为生活干杯!"房间里所有的人附和道,"咕咚咕咚"地将酒杯里的酒都喝光了。

---

①马科斯·雅各布(1876—1944),法国诗人、画家、作家和评论家。他是画家毕加索在巴黎最早的朋友之一。他们在1901年夏天认识,然后他帮助年轻的毕加索学习法语。

"别在这里胡闹了！"布兰奇夫人生气地说，"马科斯·雅各布先生，我最后再说一次，把这群酒鬼从这里带走，否则我报警了。"

"我们不走，"那个怀抱吉他的醉汉大声说，"我们有权庆祝生活！"

"为生活干杯！"他们举起手中的空酒杯继续喊道。

"都给我出去！"布兰奇夫人气急败坏地命令道，"否则我报警了！"

"夫人，"一个男人从隔壁房间中走出来，打断她的话，"拜托，真没必要报警。"凯厄斯认出此人正是他在擦洗门廊时跟他说话的人。

"为什么不能报警？可是先生，你不觉得……"

"你可以直接喊我阿尔伯特。我不喜欢打交道时有太多无聊的繁文缛节。"他打断布兰奇夫人的话。

"伟大的人！"那个西班牙人热情地握着阿尔伯特的手称赞道，"我真欣赏你。'我不喜欢打交道时有太多无聊的繁文缛节。'哈哈！谁管那些乱七八糟的繁文缛节。我真喜欢你！你可以叫我巴勃罗。"

"我要报警。"布兰奇夫人不依不饶，用拐棍指着巴勃罗，他本能地将吉他挡在前面。

"嘿，你们干什么？"阿尔伯特说，将两个争吵者分开了，"我们来庆祝生活中最难得的事情怎么样？"

"最难得的事情？"巴勃罗问道，他显然来了兴趣。

"和平啊！"阿尔伯特笑道，一只手放在巴勃罗的肩膀上，另一只手放在布兰奇夫人的肩膀上，笑着说，"为了庆祝和平，我们都应该安静一会儿，花点时间好好想想该怎么庆祝。"

"为和平干杯！"所有的音乐家把手放在嘴唇边小声说。

巴勃罗笑着把音乐家们从房间里推了出去，跟雅各布道了别。他手里拿着贝雷帽和外套，出去的时候给了阿尔伯特一个大大的拥抱。

"为和平干杯，聪明人，"他说，"不过最重要的还是为友谊干杯。"

第三章 探案开始

第二天晚上,凯厄斯仍然感到十分焦躁,翻来覆去也睡不着。他决定早早起床,到花园干活。布兰奇夫人担心他笨手笨脚地会损坏房间里满满当当摆放着的珍贵艺术品,便叫他去花园做事。

几个小时后,凯厄斯打算去厨房吃早餐。这时,他发现玛丽正在厨房里跟一个背靠着门的年轻人说话。凯厄斯不想打扰他们,便站在门边听两人交谈。

"那你是英国人咯?"年轻人问玛丽。

"是的。"玛丽一边回答,一边匆匆地在面前的桌子上拿了一块松饼。

"我也是。你住在巴黎吗?"

"不是,我住在托基,德文郡的一座城市。你听说过吗?"她问。

"没有,但我知道那里以什么闻名,据说那里的海滩很漂亮。"

"没错。我最喜欢的海滩是米德福特。对了,你住在哪儿?"

"伦敦。"

"那你到巴黎来干什么?"

"我只是路过。那你为什么来这儿啊?来这度假吗?"

"我是屈莱顿小姐女子学校的寄宿生,但现在放假了,我和我妈要在这里待几天。"

"那所学校现在是不是很出名啊?"

玛丽点点头。

"我知道那所学校只招收年轻的女生去学习音乐、钢琴和喜剧。你想做演员吗?"

"噢,不,不。"玛丽一边说,一边用一只手捂着嘴,害怕松饼的残渣掉出来,"不过,谁知道呢?也许我将来也能成为歌剧家呢!"她疑惑地看着年轻人,"你既然是路过这里,为什么穿着送信人的衣服呢?"

"什么,你说这个啊?"他说着从桌子上拿起他的平顶帽,"其实我是个演员。我必须找份工作付哑剧班的学费,这只是临时的工作。"

"真的吗?我喜欢戏剧。小时候,我奶奶经常带我去看喜剧和音乐剧,她还会给我买乐谱。你呢?你也在演戏吗?"

"呃,我在《夏洛克·福尔摩斯探险故事》中有个角色。"

"太好了!柯南·道尔是我最喜欢的作者。你演福尔摩斯吗?"

"不是。"

"噢,那就是演华生了?"

"不是,我扮演送信人比利。"

凯厄斯忍不住笑出了声,不小心撞到了他旁边的花瓶。

"凯厄斯,是你吗?"玛丽问道。

"是的,你们好……"凯厄斯答道,然后将花瓶扶稳了。

"凯厄斯,我向你介绍……"玛丽说。

"查理……"凯厄斯接着她的话头说。

"你们认识啊?"

"是的。我们昨天见过面。"凯厄斯解释道。

"没错,"查理说,"凯厄斯也算是我的老师了。"

"老师？"玛丽惊讶地说。

"别理他。他开玩笑的。"凯厄斯说。

"你给了我灵感。"查理笑着对凯厄斯说。凯厄斯再次撞在了花瓶上，他感觉有些气恼。

"玛丽，你看过今天的报纸吗？"凯厄斯很快转变了话题，往桌旁走去。

"看了呀，可报纸上什么也没写。"

"什么也没写？这怎么可能？他们就不关心乞丐被杀的事儿吗？这不可能！"他抱怨道。

"真的什么也没有。"她说。

"那件事可是我亲眼所见。"凯厄斯显然十分吃惊，"我没撒谎。"

"我相信你，凯厄斯。"查理赞同地说。

"你告诉查理了吗？"她惊讶地看着凯厄斯问道。

"是的。"

"凯厄斯，你可得小心点儿。不能什么都告诉别人。"玛丽说。

"我知道。我只不过发现查理在北站工作，觉得他可能了解些情况。"

"你在那里工作啊？"玛丽开心地问，"太好了。你也许可以帮我们问问那里的人……"

"我已经问过了，"查理说，"可是谁也不知道这件事，而且也没有人认识什么乞丐，更不知道最近有谁死了。"

"我发誓是我亲眼看到的。"凯厄斯坚持道，"该死的！尸体怎么会凭空消失呢？现在怎么办？我真看到有个人被勒死了。那人就死在我面前！可凶手为什么要杀死一个乞丐呢？"

"凯厄斯，你是在哪条轨道看见火车的？"查理问道。

"我不知道。"

"你记得犯罪发生的时间吗？"

"我想想……我记得我曾看过火车站的钟,钟上面显示的应该是凌晨两点二十分。"

查理思考了一会,说:"根据你所说的时间,凌晨两点半发车的货运列车那个时候一般会停在车站里,而且那个时候应该还有一辆列车停在那儿,不过,那辆车要到早上六点十五分才发车。"

"那么,"玛丽推断道,"唯一的解释就是凶手在那列两点多钟发车的火车上行凶,等火车准备发动的时候,他将尸体扔了下来。"

"他就不能把尸体放到箱子里,然后干脆弃尸吗?"凯厄斯推论道。

"不可能。"查理不同意他的看法,"那辆火车在进站之前必须卸货,然后换轨,让客运列车通过。"

"那现在怎么办?"玛丽摸着脑门说,"这个案子太古怪了,值得好好调查一番。如果他真要把尸体扔出去,他很有可能跟随着火车出发,然后途中在火车到达下一个车站之前处理掉尸体。"

"如果是这样的话,"凯厄斯若有所思地说,"对了,查理,下一个车站离那里有多远?"

"有点儿远。"查理解释道。

"我也许可以去那附近查找一下,看能不能找到什么线索。"

"没那么容易。步行去那儿有点儿复杂。"

"是啊,的确太难了。"凯厄斯沮丧地说。

"嘿,"玛丽鼓励道,"别担心……我们一起来调查这件案子。"

"可是玛丽,"查理打断他的话,"我不大确定这件事是否值得我们费那么多精力。我觉得怎么也说不通。"

"不是这样的,"玛丽生气地说,"至少那人是被勒死的而不是被刀捅死的,这事儿就能说明问题。"

"是吗?"两个男孩好奇地看着她。

"如果是被勒死的,现场会很干净,尸体腐烂的时间也会更长,这就给了犯罪分子充裕的逃跑时间,他甚至可能永远都不会被抓。而在这起案件中,凶手非常谨慎,因为他没有留下任何线索,连尸体都没有。"

"这样的话,"查理说,"根据你的推断,那人一定是个高明的罪犯,但你不觉得他费尽心思处理尸体有些奇怪吗?因为死个乞丐是没人关心的。"

"除非……"玛丽又说。

"除非是什么呀?"凯厄斯也来了兴趣。

"除非那人不是……凯厄斯,你确定那人是乞丐吗?"

"要是看到一个穿得破破烂烂、邋里邋遢的小孩,我可能不会觉得他是乞丐,可要是看到一个上了年纪的人穿成那样,我会觉得他是乞丐。"

玛丽担忧地说:"那你还记得他长什么样啊?"

"我永远也不会忘记!他的样子真的很恐怖,眼珠子凸出,眼睛周围全是黑色的,舌头也伸了出来……"凯厄斯说。

"好吧,好吧,"玛丽打断他的话,"那人长胡子了吗?还是把胡子都刮了?他的脸上很脏吗?"

"胡子?"凯厄斯摸了摸下巴,"他没有胡子,脸上也不脏,不过,他的脸色跟蜡一样白。"

"他的头发是什么样儿?"玛丽大有打破砂锅问到底的架势。

"呃,上面有些白头发……"他仔细想了想说。

"你还能记得什么吗?"她俯身向前问道。

"就是有些白头发而已。不过,他看起来保养得很好,穿戴整齐……啊,我现在记起来了,还有他的手!他的指甲修剪得很干净,比我的还要干净!对了,他的头发很短,梳得整整齐齐的。"

"噢,太好了!"查理大声说,从桌子上拿起一块面包吃起来,"那个乞丐还真是挺讲究的。你还打算说他有个价格不菲的烟盒,里面放着抽过的烟蒂吧!"

"你记得他的手或者胳膊上有咬痕或者刮痕吗?"玛丽没有理会查理的话继续问道。

"这些倒没有。"凯厄斯低头看着自己的手答道,"我的手上倒是有个咬痕,那还是我在巷子里睡觉时被该死的老鼠咬的。"

"那我们可以得出结论了,"玛丽说,"尽管这人穿着破破烂烂的衣服,但他肯定不是乞丐。"

"这下好了!"查理拍了一下大腿,大声喊道,"你是说我们要侦破的案件不仅连尸体都没有,而且现在那个被害的乞丐都不是乞丐了吗?算了吧!为什么会有人把自己打扮成乞丐呢?"

"他可能是伪装的。"凯厄斯回答道,他的想象力又恢复了,"没错,他去车站也许是想从城里逃走。凶手在车厢里找到了他,就把他杀了。"

"要真是这样的话,那我的故事更精彩。"查理戏谑道,"也许那个假乞丐本身就是个罪犯,他酒醉后杀了凶手一家,甚至连他那个瞎眼的妹妹也没放过。"查理夸张地跳到椅子上,"但他酒醒之后也吓坏了,发誓以后要变成乞丐,过着终日乞讨的生活来赎罪。可是一切都太晚了。唯一的幸存者——瞎眼女孩的哥哥,也就是穿黑西服的凶手,在车厢里找到了假乞丐,并亲手杀了他,报了大仇!"

"打住!"凯厄斯跳向查理,生气地说,"我又没有瞎编,好吧?"

"你们两个都别吵了!"玛丽命令道,"如果我们三个要一起调查这个案子,老是吵架怎么行?"

"我们三个?"查理惊讶地问。

"没错,我们三个要一起把这个案子破了。"

"怎么破?"查理反对道,"我们甚至都不知道尸体在哪儿?"

"是啊,要是找到尸体就好办多了……但是我觉得有难度才好玩。如果

真是起凶杀案,我一定要把案子破了。"她信心满满地说。

"我早就告诉过你了,"凯厄斯生气地说,"我是亲眼见到那个乞丐被勒死的!"

"即便如此又怎样。"查理仍然坚持自己的看法,"凶手已经把尸体处理了,那家伙早就逃之夭夭了。"

"逃之夭夭!"玛丽笑道,"他为什么要逃?他根本没这个必要。又没人知道他的犯罪事实。"

"还有我呢!"凯厄斯不解地问道。

"呵呵,凯厄斯,"玛丽双臂交叉问道,"你现在都不去报警,他肯定认为你永远都不会去了。再说了,现在连尸体都没有,我觉得警方应该不会相信你。"她说。

凯厄斯叹了口气,事情发展成这样,他十分沮丧。

"找不到尸体,找不到凶手。"查理说。趁人没注意,他又眼疾手快地将一块在柴火炉上找到的面包塞进嘴里:"要我说这人肯定已经远走高飞了,案子也结束了。"

"也许吧。"玛丽同意道,"但我总觉得凶手还在附近。总之,我们越是尽快找到尸体,了解的情况就会越多。"

"怎么找尸体?"查理一下来了兴趣,差点被那片面包噎到。

"我现在也不知道。不过,我打算去车站再找找。现场肯定有线索的。"

"这事儿交给我就行了。"查理自告奋勇地说,"反正我都要去那儿。"

"那就走吧。"

当他们三个正准备离开的时候,布兰奇夫人一脸不高兴地在门口出现了。

"你想去干什么,小子?"她盯着凯厄斯挖苦道。

"我想出去一会儿。"

"你当然想出去了!"她吼道,"但你还有很多活儿要干,明白吗?"

"可我今天已经做了很多了,我就不能休息一下吗?"他咕哝道。

"我反正不会干活的。告诉你吧,我早就不指望你了。客人投诉得太多,我可不想因为你失去那些经常按时付房租的客人!不过我现在说的是杜宾夫人的事情。她要我告诉你,让你从现在起就去收容所帮她做事。"

"她要我现在就去吗?"凯厄斯一脸困惑地说。

"当然不是现在啦!"布兰奇夫人没好气地说,"而是你早就应该去了,这才是关键!你这头懒猪。赶紧的!因为她已经等你一整天了。"

"可是你刚刚才告诉我!"

"你觉得在这里找个人容易吗?快去,快去。"她命令道。

"这下倒好。"凯厄斯伤心地看着他的两个朋友,咕哝道,"我现在没办法去车站了。"

"呃,"查理看着一脸铁青的布兰奇夫人小声说,"至少你不用再做苦役了,对吧?"

"我倒是大方,可到头来我得到了什么?"布兰奇夫人严厉地盯着凯厄斯,继续嘟囔道,"快走,小子,带着那个贪吃鬼,离我的厨房远点儿!给我出去!"

"别担心,凯厄斯。"玛丽拍拍他的肩膀说,"你尽管去收容所好了。我和查理先去车站,我们到时候在这里见面,好吗?"

走过蒙马特区街道上的每个角落都像进行一场对身体的耐力测试,因为有实在太多的阶梯了,但这对于凯厄斯来说根本不算什么。他在狭窄的街道上飞快地跑起来,急着想见到玛丽和查理,甚至都没有意识到自己已经气喘吁吁。

一个小时前,街道上还有不少骡拉的四轮马车和二轮马车在穿行。

主街上的行人在巴士、有轨电车和四轮马车之间焦急地穿梭,急着想到达自己的目的地。许多汽车以时速六十五千米的速度在街上疯狂驶过[1],行人过马路的时候就更加难了。喇叭的叫声就像鸟被勒住喉咙时发出的声音一样,弄得人心烦意乱。排气管不时发出"咔嗒咔嗒"的声音,排出滚滚浓烟,空气中顿时弥漫着一股难闻的汽油味。司机不得不穿着又长又厚的外套,戴着手套、平顶帽,外加硕大的眼镜保护自己。当司机面对拥堵的马路不得不停车的时候,行人才有了幸灾乐祸的快感。司机取下眼镜,露出被煤烟熏黑的脸,两只眼睛周围却是干净的一圈,这一幕真叫人忍俊不禁。

凯厄斯对周边的情况并不关心,只是茫然地看着周遭发生的一切,当务之急是尽快完成杜宾夫人吩咐的事儿。他心急火燎的,甚至没有留意一个乞丐也正走向收容所的入口,结果两人撞在一起,他还将乞丐的包裹撞到地上。乞丐显然被激怒了,不过他只是狠狠地瞪了粗心的凯厄斯一眼,然后捡起包裹,继续往里走。

"打扰一下,先生,你知道杜宾夫人在哪儿吗?"凯厄斯对一个中年金发男子说,此人穿着一件配有白色硬领的黑西服,坐在一张小桌子旁。

"呃,杜宾夫人啊……"男人四下看了看,"她肯定在办公室里。"

"办公室在哪儿呢?"

"沿着这个走廊,一直走到尽头,敲第二扇门。"

凯厄斯沿走廊而去。走进办公室后,他看到面对他坐在办公桌前的杜宾夫人。桌上堆着不少她仔细叠好的文件,她正一张张地放进信封里,然后舔了舔封口,把信封好。

"啊,孩子,快进来!"她命令道,随即把信放进抽屉里,"你迟到了。"

---

[1] 时速六十五千米的速度在书中的年代——1905年应该算快了。

"你有事叫我啊？"凯厄斯上气不接下气地说，"可我刚刚才收到你的口信。"

"噢,好吧!至少你来了。"她起身关上门,"我听说你在寄宿旅馆做得不是很好。布兰奇夫人抱怨你太懒了。"

"我才不懒呢,"凯厄斯很不服气地回答道,"我只是不习惯被当成骡子使唤。那个女人吩咐我做的事,我都做了。我什么都干,可她却把我当成了奴隶,要我一个人把地下室打扫干净。你是没瞧见那里面的大蜘蛛网,我觉得好几个世纪都没人进去过了。"

"我相信布兰奇夫人的话是夸张了一点点,但问题是如果你真想要个住的地方,你现在就得为我干活。收容所从来不会免费施舍,甚至连汤都不是免费的。我和牧师觉得,要想帮助穷困潦倒的人,最好的办法就是让他们努力、自立。不管汤多么美味,都只能满足身体的需要,而工作却能滋养灵魂,你觉得呢？"

"嗯,"他简短地回答道,"那你到底要我做什么？"

"你负责将萨缪尔牧师的命令传达给援助收容所的教堂、教团。"她说着将那副老是滑落的眼镜往上推了推,"你有时候可能得跑远一点儿,不过,我觉得这事儿对你这样的小伙子没什么要紧的,对吗？"她歪着脑袋问道。

"没有问题,包在我身上了。"

"太好了。我就喜欢你这样。从现在开始怎么样？"

"现在吗？"凯厄斯看了看墙上的钟不假思索地说,"好吧,好吧,我会尽快。"

杜宾夫人已经朝房间后面的壁橱走去。这时,那个穿黑西服的男子进来了,又跟凯厄斯打了个招呼。

"噢,萨缪尔牧师。"老妇人说着打开了壁橱的门,"你已经见过我们的

新拍档凯厄斯·奇普了吗？"

"只是路过的时候见过。"牧师答道，发现凯厄斯的眼睛一直盯着墙上的钟，"夫人，你看到我的眼镜了吗？"

"在桌子上呢，牧师。"

"哈哈，你在这儿啊，你这个逃兵。"牧师开玩笑似的说，看起来心情不错的样子，他从桌子上的小金鱼缸上拿起那副圆圆的眼镜，"噢，夫人，要是没有你在这儿，我都不知道该怎么办了。"

杜宾夫人浅浅一笑，继续在壁橱里翻找着。萨缪尔牧师冲凯厄斯笑了笑，然后离开了房间。虽然他看起来十分友善，但凯厄斯总觉得哪里不对劲似的。

"啊，终于找到了！"她大声说，然后拿着一个黄色的包裹和一张纸朝紧张兮兮的凯厄斯走去，"给，把这个包裹送到纸上写着的地址去，然后回寄宿旅馆，明白了吗？"她很快转过身去，从罐子里拿了几枚硬币，"拿这些钱去坐电车，早点儿回来。我可不希望你深夜的时候还在街上乱走。上次你居然碰到了那样的事情，以后一定得当心点。噢，等一下！"她又往壁橱走去，"差点忘了，我这里有样东西给你。"

"给我的？"凯厄斯从她手里接过外套，惊讶地说，"哇，你真是个好人！"

"穿上！看看合不合身。"

凯厄斯把身上穿的那件大外套脱了，在杜宾夫人的帮助下穿上了新外套。

"挺合身的。"他说着把短了一大截的袖子往下扯了扯。

"我觉得你最好还是穿上收容所的这件衣服，不要穿你那件奇怪的大外套出去了。这些外套本来就是捐给穷人的。你反正一直都会穿着的，对吗？我可不希望你感冒了。"她和蔼地说。

"你真好。"凯厄斯不好意思地说。

"哪有,我只是尽些义务而已。"杜宾夫人说这话的时候有些感动。说完,她打开门,轻轻地把凯厄斯推出房间:"你可以走了,要不我可能还有别的事情吩咐你做。别忘了,回寄宿旅馆的时候不要太晚了。答应我!"

"好的,我答应你。"他叹了一口气,转身走了。

第四章　神奇的溜冰鞋

凯厄斯再次跑过城里的街道。有时候他会停下来问问路人,看有没有走错路。不过,他很快就找到了教堂。走过一段长长的阶梯后,他就到了主建筑,他大步走进接待室,坐在前台后面的一个女人很快接待了他。

"你好!"接待员礼貌地说。

"你好!"凯厄斯将包裹放在桌子上,"萨缪尔牧师叫我把这个包裹送来的。"

"原来你就是他说的那个小孩,麻烦你……"她起身说,"先把外套脱了,放在那上面,跟我来。"凯厄斯照着她说的做了,跟着她朝法衣室[①]走去。"你在这儿等着,我去叫马修神父。"

"我以为我只要把包裹放在桌子上就可以了。"凯厄斯咕哝道。

"不是的,只有神父才能接收这个包裹。"

凯厄斯不耐烦地跺着脚,等着离开。漫长的十五分钟后,一个头发花白的牧师出现了。

"早上好,你有什么事儿?"

[①]教堂中供神职人员更换衣服的地方。

"早上好，我替萨缪尔牧师送来了包裹。"

"噢，我知道了，谢谢你，孩子。见到他的时候替我谢谢他。"

"就这样吗？"凯厄斯郁闷地说，"我现在可以走了吗？"

神父对着莽撞的凯厄斯哈哈大笑，点点头，示意他可以走了。

凯厄斯匆匆离开房间，走到门外的时候那名女接待在后面喊他："等等，你忘记拿外套了！"

凯厄斯跑进大厅，穿上外套，再次急匆匆地往外面跑去。

寄宿旅馆的接待区非常安静。当时正值午餐时间，大家都在餐厅吃饭，但凯厄斯并没有在那群客人中间找到玛丽。

"马琳，"凯厄斯对那个正忙着收拾盘子的女人喊道，"你看见玛丽了吗？"

"她在街对面的广场。"

凯厄斯向她道了谢，朝小广场走去，结果发现那里并没有人。他一通好找，终于听到喷泉旁边传来了笑声，便朝那个方向走去。凯厄斯意外地发现玛丽挨着一条长凳，正冲阿尔伯特开心地笑。阿尔伯特的脚上用皮绳绑着一双溜冰鞋，正东倒西歪地在那儿溜冰。

"这是什么情况？"凯厄斯大声问道，笨手笨脚的阿尔伯特差点撞在他身上，凯厄斯机灵地往后跳去，"这玩意儿他是从哪儿弄来的？"

"我的呀。"见凯厄斯惊讶地盯着她，玛丽笑得更开心了。

"你的？你什么意思？"

"我的鞋怎么啦？"她双手插在腰上愠怒地说。

"没什么。"凯厄斯答道。见她一脸的不高兴，凯厄斯本能地举起手来，像是要保护自己似的："只不过没想到而已。你穿着这么长的裙子怎么溜冰啊？"

"这有什么？这总比骑马时要侧坐在马背上强！我们女生就是比你们男

生要麻烦些，但没办法啊，必须要学会适应啊。"

"骑马、溜冰。"凯厄斯觉得玛丽的爱好真是不错，"你还喜欢做什么呀？"

"我还喜欢打网球、板球，不过，我的水平不怎么样。但我最喜欢的还是游泳。我住的地方有许多漂亮的海滩，我甚至下雨天都会去，要是暴风雨的天气才更带劲呢。冬天没有音乐会的时候，我喜欢穿溜冰鞋去我家附近的空旷码头。不过，这里的路要好滑得多。在老家的时候，我经常会摔得鼻青脸肿，而且穿着带裙撑的长裙一点也不方便。"

"你到底在这儿干什么？"凯厄斯问道，"你没去车站吗？"

"你好，亲爱的小伙子，"阿尔伯特从两人中间冲了过去，打了个招呼，"你的朋友真是挺厉害的。"

"那还不好！"凯厄斯冲刚刚绕过自己身边的阿尔伯特喊。阿尔伯特看起来精力挺充沛的。

"凯厄斯，"玛丽继续说，"车站我没去成。我妈要我收拾行李准备回家。"

"你要走了吗？什么时候？"

"别担心。我妈至少要两个星期才能把事情都处理好。"

"那现在怎么办？你要放弃这个案子吗？"凯厄斯绝望地答道。

"冷静，我又没说不管这个案子了。查理去了车站，应该很快就会回来了。"她一脸严肃地看着凯厄斯，"幸亏你换了外套。那一件也太大了。这件衣服你是从哪儿弄来的？"

"杜宾夫人给我的。"凯厄斯没好气地说。

"耶——"阿尔伯特的声音响起，他再次经过他们身边，从一棵树旁边绕了过去，"我太喜欢这双鞋了！"

"你学得倒是蛮快的。"玛丽冲他喊道。

"亲爱的,那也是因为你教得好。"他大声对玛丽说,因为转得太快,他看起来晕晕乎乎的,"这种感觉真不错,就像在飞翔。比我的自行车好玩多了。你试过吗,小孩?"

"当然有啦,我经常溜冰。"

"真的呀!"玛丽瞪大眼睛看着凯厄斯,"你要不要试试?"她问,看着快乐的阿尔伯特溜远了,"没准他已经玩腻了。"

"不了,别担心,我没事儿。"凯厄斯谢绝了她的好意,眼睛不忘看着寄宿旅馆的前门,看看有没有可疑的形迹,"我更喜欢用滑板。"

"滑板?"她不解地问道。

"是啊,就是一块木板下面装了几个轮子。"

"木板上装轮子?这有什么好玩的?"

"相信我,那个才是最好玩的!"

看到查理从街那头大步走过来,凯厄斯突然停住,疯了似的跑去人行道叫他。

"查理,你在车站找到什么线索没有?"他不安地问道。

"呀嗬!这种感觉太棒了!"阿尔伯特飞快冲过三个朋友的时候大声喊道,"什么线索啊?"阿尔伯特全速飞了过去,弄得查理晕头转向。

"别理他,"玛丽笑道,"我在教阿尔伯特溜旱冰。"

"溜冰!听起来挺好玩的,能教教我吗?"

"哇!"喜欢玩闹的阿尔伯特滑回来了,正试图从一根小原木上跳过去。

"要是他让我教你的话肯定没问题。"玛丽理智地说。

"查理,告诉我,到底发生什么事儿了?"凯厄斯打断他们的话。

"什么也没有。我什么线索也没找到。我还去了一趟警局。不怕告诉你,这事儿可真是难为我了。我讨厌警察。"

"警局里也什么线索都没有吗?"凯厄斯仍然没有死心。

"没有,也没有人报警说附近发现了尸体。"他说完,凯厄斯失望地眨了眨眼睛,"不过我拿来你要我找的东西了,玛丽。"

"噢,太好了!"玛丽从查理手里接过一大张折好的纸。

"这是什么?"凯厄斯问。

"是列车经过的路线,"他耐心解释道,"还有那天早上的列车时刻表。玛丽,如果你还需要别的,可以尽管问我。"

"这东西太有用了。"凯厄斯嘟囔道,看起来有些忌妒。

"这个对我们会有很大的帮助。"玛丽看过地图后兴奋地说,"现在我们对周围更熟悉了。我们的旅程可以开始了。"

"什么旅程?"凯厄斯不解地问道。

"玛丽认为,如果我们沿着货运列车的路线走,应该能发现有意思的东西。"

"没错,凯厄斯,我们应该能找到更多线索。"她自豪地说。

"我们计划星期天早上行动。"查理又说。

"星期天!"凯厄斯有些遗憾地说,"为什么非得是星期天呢?"

"那天我休息,考虑到你已经没帮那个老太婆干活,那天你应该也会休息吧。"他兴致勃勃地说。

"倒也没错。"凯厄斯不情愿地承认道,"但我担心到那个时候线索早就没了。"

"难道情况能比现在什么线索都没有还差?"查理窃笑道,"这总不可能吧。"

"噢,查理,别傻了。"玛丽折好地图,抱怨道,"今天已经是星期五了。其实我比你还心急呢。"

"阿尔伯特在哪儿?"查理伸长脖子问道。

另外两个人也开始找寻起来。

[时间旅行者系列]

"他在那儿呢。"凯厄斯指着寄宿旅馆的前门说。阿尔伯特正跟一群人交谈着什么,他们三个飞快地走过去。

"你好,我的朋友?"一个金发女人笑容可掬地问道。她的脸很长,下巴凹陷,戴着一顶巨大的花饰帽子。金发女人跟那个爱惹事的画家巴勃罗、马科斯·雅各布以及他的朋友待在一块儿。

"妮娜!你来巴黎干什么?"玛丽尖叫道,还热情地吻了金发美女。

"她来找我。"雅各布点了点帽子回答道。

"我们在写一篇有关车展的文章。"金发美女说。

"你丈夫呢?"玛丽问道,"他去哪儿了?"

"他正在英吉利海峡的海岸上,打算写一个有关飞机模型的故事。那架飞机是著名发明家兼飞艇驾驶员桑托斯·杜蒙用汽油发动机驱动的。我想我丈夫今天应该会回来吧。"

"带引擎的飞机!"玛丽惊讶地叫着。

"没错!杜蒙一直在做试验,这样飞机就能在不用借助气球或者瓦斯的情况下起飞,更别说用弹射器帮助起飞了。"她解释道。

"可是,你不觉得那些汽车就已经够吵的了吗?难道我们还要忍受头顶的噪音?"玛丽惊愕地说。

"要是机器失去了控制,造成恐慌怎么办?"两人笑道。

"你们认识我的朋友了吗?"雅各布打断他们的话,将其他几个人介绍给了阿尔伯特、玛丽、查理和凯厄斯,"这位是格特鲁德·斯泰因①。"

阿尔伯特吻了那个女人的手。她身材矮胖,胸部丰满,头发整齐地绑在后面。那群人中就属她的眼睛最有神,透着一股机灵劲。

---

①格特鲁德·斯泰因(1874—1946),美国作家、诗人,但后来主要在法国生活,并且成为现代主义文学与现代艺术发展中的触媒。斯泰因喜欢社交,她设在巴黎的沙龙吸引了很多人。代表作品有《三个女人的生平》《美国人的成长》等。

"这是我们的诗人安德烈·萨尔蒙①。"雅各布介绍道。

"幸会。"那个有着一头黑发的矮个子男人握着阿尔伯特的手说。

"这是皮埃尔·杜尔,他是斯泰因女士的表弟。"杜尔长着一头金发和一双棕色眼睛,看起来比凯厄斯年纪稍大一点,此刻他朝着溜冰的阿尔伯特扬了扬眉毛。

"这是我们的费尔南德……"雅各布继续介绍道。

"才不是你们的呢!"巴勃罗稍微有些吃醋地纠正道,生怕别人抢了他的女友似的。不过,他的语气还算欢快:"是我的费尔南德!"

"荣幸之至。"费尔南德说。

费尔南德从人群中站了出来,这个女人眼睛碧绿,跟她那头猩红色的头发形成了鲜明的对比。阿尔伯特郑重地亲吻着这个身材苗条、气质优雅的女人纤细的手。

"不用介绍了,雅各布,我的朋友。"斯泰因打断他的话,将一只手搭在雅各布的肩膀上,"这么多名字谁也记不住。我们都去咖啡馆坐坐,大家相互熟悉一下如何?"她建议道。

"太好了!"巴勃罗搂着费尔南德的腰同意道,"我们还等什么?"

"好啊,我们走吧。"阿尔伯特说,丝毫不掩饰他对费尔南德的喜欢。

"你也来吗?"妮娜主动邀请玛丽,"把你的两个朋友也带来吧。我们还可以叙叙旧。大家都好吗?"

"都挺好的。"

"舞蹈学校的人怎么样了?你姐姐呢,她结婚了吗?"

"结婚了,她和詹姆斯已经有小孩了。"

---

①安德烈·萨尔蒙(1881—1969),法国诗人、艺术评论家和作家。1904年,他搬进了"洗濯船",和毕加索、马科斯·雅各布和阿波利奈尔一同生活在那里(本书后文有提及)。1964年,他被法国科学院授予诗歌大奖。

"这么快啊!天哪,我的消息还真是不灵通。你哥哥蒙蒂怎么样了?"她继续兴奋地说。

"我哥在印度的兵团服役……"

"你们两个到咖啡馆继续谈怎么样?"巴勃罗彬彬有礼地问。

"噢,好的,好的。"玛丽说,脸上微微有些泛红。

"我去拿帽子,不过……"玛丽意味深长地看着阿尔伯特说。

"怎么啦,亲爱的?"阿尔伯特问道,自己突然成了别人关注的焦点,他有些糊涂。

"你不觉得应该把溜冰鞋脱掉吗,阿尔伯特?"

"唉,瞧我糊涂成这样。"阿尔伯特说着弯下腰去。

第五章 咖啡馆的记忆

一群人兴高采烈地沿着社区的台阶，往山顶而去，终于来到了嵌着不少彩色玻璃的圣心堂①。毫无疑问，这幢地标性建筑最大的吸引力就是可以俯视居住着各色人等的熙攘世界。远处的景色让人叹为观止，中央矗立着埃菲尔铁塔。这位新近在此安家落户的"家伙"一直饱受非议，巴黎人之前把它当成了"入侵"的陌生者。如今，它终于获得了永久居住的权利。不过，按照雅各布的说法，蒙马特区最好的咖啡馆就坐落于此，这才是最重要的。

当时正值上下班的高峰时期，侍应要招待这么一大群人，这活儿可不轻松。不过，凯厄斯很快发现，只要有格特鲁德·斯泰因在场，去巴黎任何地方都不是什么难事。

所有人都就座后，年轻的诗人皮埃尔·杜尔跟他身边的阿尔伯特交谈起来。

"先生，请问你是做什么工作的？"

"请叫我阿尔伯特。"

"阿尔伯特？"杜尔重复道，一只手托着脸颊，"这是你的姓氏吗？"

---

①圣心堂，标准名称为圣心圣殿，是法国巴黎的天主教宗座圣殿，供奉着耶稣的圣心，位于巴黎北部的蒙马特高地上，为巴黎著名的地标之一，于1914年建造完成。

"只有你才会关心这档子事儿。"巴勃罗打断他的话,他已经从桌上拿起芝士吃上了,"不过,你可得好好对待我这个聪明的朋友,听见了吗?"

"聪明的朋友?"杜尔问道。

"巴勃罗说得太夸张了。我只是苏黎世联邦理工学院毕业的,在那里学过数学和物理。"

"什么?"杜尔听得有些迷糊。

"他是名科学家。"斯泰因说,"据我所知,他是从最厉害的学府毕业的。"

"如果你喜欢将人贴上标签,我告诉你也无妨。我是名老师,也是名科学家。"阿尔伯特讽刺地解释道,随手拿了一块布里奶酪。

"科学家!"杜尔咕哝道,不由得对阿尔伯特刮目相看,"我能问问你的实验室在哪儿吗?"

"在这儿。"阿尔伯特从外套的口袋里拿出一支笔给杜尔看。

"我明白了。"他嘟囔着,被阿尔伯特的举动弄得不知所措。于是,他又转身对凯厄斯说:"你呢,你是做什么的?"

"我是名旅行者。"

"噢!有意思。那你是从哪儿来的呢?"

"一个非常遥远的地方。"凯厄斯不想透露太多。

"你的父母是干什么的?"杜尔饶有兴趣地追问道。

"他们已经不在了。"

"不在了吗?"杜尔摸着下巴,不解地问道,"那你旅行是谁给你的钱?"

"我想是命运吧。"

"我明白了。"杜尔说,并没有掩饰他对这个答案的厌恶。他身子后仰,又去寻找别的目标了:"你,穿制服的!"

"谁?你说我吗?"查理说。

"你是送信的吗？"

"我是车站电报服务处的送信员。"查理一字一顿，自豪地说。尽管杜尔明显看不起他，但他并没有放在心上。他拿起一杯红酒和一块蘸了鹅肝酱的吐司，朝势利的杜尔点头致意。

"哪个车站呀？"杜尔刨根究底地问道。

"巴黎北站。"

"真是太可惜了。我以为你在埃菲尔铁塔站工作呢。我在我爸创办的报纸上看到过有关报道，上面说埃菲尔铁塔站可以借助无线电报，了解俄国和日本所有的战争情报呢。"

"我还真是搞不懂。"安德烈插话道，"无线电报是如何工作的呢？"

"很简单啊！"阿尔伯特喝了一口酒，继续说，"要理解无线电报并不难。普通的电报好比一只很长的猫，你把尾巴放在伦敦，它在巴黎'喵喵'地叫。无线电报也一样，只不过不用借助那只'猫'就可以传送信息啦。"

除了杜尔没有反应地看着阿尔伯特之外，其他人都哈哈大笑。

"又多了一架机器。"查理用胳膊捅了捅凯厄斯小声说。

"而且这架机器还很难调教。"凯厄斯说着拿起一块三明治。

"光是教它还不够。"阿尔伯特小声说，"我们还得唤醒它。"

"同意。"查理点点头，"机器教得会，但人得亲身体验才对，只有这样，才能增强人的创造力。"

"用艺术去唤醒吧。"巴勃罗一边说，一边喝着红酒。

"我觉得这样的人太多了。"妮娜突然伤感地说，"有时候周围的情形真的让我震惊，简直太……"

"你是说创新精神吧？"巴勃罗问道。

"我觉得太古怪了。"雅各布抿了一口茶说。

"你感觉到了什么？"巴勃罗继续说，"何出此言？"

"噢,我也说不清楚。有些画家在蒙马特区展出的画作真是太奇怪了。那些画让我感觉画家把什么东西都看得太通透了。我现在真是一点儿也不懂艺术。"

"你太诚实了。"巴勃罗笑着说。

"你只有真喜欢某样东西,才愿意用心地学它,"阿尔伯特继续说,"就像我只会对某种东西充满激情的时候才学得会。"

"没错。"巴勃罗承认道,搂着他的女朋友继续说,"我觉得在学校念书就特别无聊,所以,我经常会在课本上涂涂画画。"

"'学习的乐趣可以通过赶鸭子上架培养起来',谁相信这观点谁就错了。"阿尔伯特说着,又拿了一块芝士。

"我觉得也是。"玛丽点头表示同意,给自己拿了一块上面布满奶酪和核桃仁的蛋糕,"就像我一点儿也不喜欢去绘画班,画中的那些阴影部分我老是看不到。我完全是逼迫自己学艺术,为的是跟别的女孩打成一片,同她们一起去看美术展,才不在乎自己喜不喜欢呢。要是对艺术没有鉴赏力,大师们的作品看起来都惊人的一致,根本没什么不同。但是音乐就不同了,我喜欢音乐,我从我妈妈那里学会了弹钢琴、唱歌,其余的是从我的护理员那里学来的。"

"护理员?"凯厄斯问道。

"噢!我管我奶奶叫护理员,她是我的好玩伴。奶奶教我东西的时候特别亲切和有趣,我甚至觉得根本不是在上课。"

"可惜她不在了。"妮娜伤心地说,"我特别喜欢去你家,缠着你的奶奶读《彼得·潘》《灰姑娘》……你当时特别喜欢演《爱丽丝梦游仙境》,还记得吗?我们三个一演就是好几个钟头。"

"那种感觉一定很好。"凯厄斯说着又吃了一块巧克力慕斯,"我也好想有人这样教我。说实话我也不喜欢上学。在那里,我只知道努力通过考试和

获得高分,这样我就不会被人数落了。"

"我理解你。"阿尔伯特说,沉浸在了过去的回忆中,"我有两个叔叔,是他们激发了我对数学和科学的兴趣。但我读大学的时候,那种无聊、机械的教学方法反而让我倒胃口,地理和历史也有好多要死记硬背的东西。我还会想起曾教我希腊语的老师,他也是我的校长,尽管我每次数学都会考第一,但他经常说我将一事无成。只是因为我在学校太活跃了,老有问不完的问题。"

"如果你那样做的话,他们会觉得你是另类。"凯厄斯说。

"没错。老师们只喜欢对他们唯唯诺诺、言听计从的机器。我经常通不过期末考试,中学都没念完,理工学院的考试我一次也没有通过。"

"你的数学很糟糕吗?"

"谁说的?"阿尔伯特惊讶地说。

凯厄斯羞怯地举起了手,表示抱歉。

"听着,孩子,我的数学和物理都不差。我的问题是记忆力太糟糕。那些需要推理的东西对我来说都没问题,不过,如果要我记东西,那简直就是噩梦。我甚至都进不了理工学院,因为我通过不了那些没用的化学和生物考试,我的法语也很糟糕。"

"真的吗?我不相信!"凯厄斯脱口而出,"你是说没有考上学校全因为这些科目?"

"唉,不过结果还好。"阿尔伯特长舒了一口气,"虽然我考试没通过,但校长赫尔佐格[1]对我的物理和数学成绩非常满意,建议我去瑞士阿劳州立中学念书。我毫不犹豫地去了那里,租了一间房子后,开始了我新的学习生活。尽管瑞士的那所学校不大,却是我见过的最温馨的地方。"阿尔伯特说

---

[1] 苏黎世工业大学的阿尔宾·赫尔佐格校长。

这话的时候眼里闪着光芒,"我第一次感觉那样开心,那种自由的感觉真好!我甚至即兴弹奏了钢琴。所有的东西都是新的。还有我的物理实验室!那间实验室帮我打开了光、电的神秘世界。待在里面的时候,我想象着自己在光线里奔跑,想象电是什么样子。如果我能把电捉住,那东西会静止不动吗?"

"这主意真够蠢的。"杜尔不屑地说。

"太神奇了!"阿尔伯特没有理会杜尔,满怀希望地说,"学校给不给你自由创造的空间,居然会带来这样的天差地别。我觉得自己都能飞起来了。"

"我甚至不知道学校是什么样子的,"玛丽说,"我从来没上过学。"

"你从来没上过学啊?"凯厄斯惊讶地说。

"从没有去过真正的学校。我的家就算我的学校。因为家里没钱,所以我的教育就由我妈妈负责了。后来,她把我安排到了一所离我们家很近的学校,每个星期去上两次课。只有现在在巴黎的时候,我去学校的时间才更多了,但是我也没什么好抱怨的。我妈妈现在还在教我。"

"你真幸运。"凯厄斯说。

"可怜的人。"皮埃尔·杜尔笑着说,"不过这种情况也正常。女孩子读那么多书有什么用啊?只要找个丈夫嫁了就行了。不过,本人却是在欧洲最好的学校念书的。"

"真的吗?"凯厄斯反感地说,"如果真是那样的话,你为何不让我们看看你学了什么,比如礼貌?"

"是吗?"他嘲笑道,"年轻人,我跟你说,你别以为自己多有本事!"

"是吗?"凯厄斯模仿他的话道,"没有哪个人是完美的,你只不过是架机器,只会花你老爸的钱。"

尽管杜尔被激怒了,但他只是不安地在椅子上挪了挪,因为他看到正

在跟诗人安德烈聊天的表姐斯泰因面带满意的神色。

"玛丽，你能跟我说说吗？"查理问道，"我很好奇。他到底是个什么样的人？"

"他是谁？"

"你爸爸。他是个什么样的人？"

"他在我十二岁的时候就死了，他教会了我算术，他对待生活特别乐观，即使在他破产的时候也是如此。我妈妈一个人要处理家里的债务实在太难了。她以前从来没打理过生意，不过她的判断力不错。后来，她想卖掉我们的老宅，买一间小房子供我们居住，但我和我哥哥求她留下童年的老宅，所以最终她没有卖。我姐夫甚至还帮忙筹了点钱……现在我才意识到我们当时也太感情用事了。维护那么大的房子需要投入很多精力，尤其是在没有佣人的情况下。"

"呃，"查理滚动着桌子上的一个玻璃杯，若有所思地说，"其实你的生活还不错。"

"你什么意思？"玛丽看着伤心的查理问道。

"我也是在十二岁的时候失去爸爸的……他是酗酒死的。呵呵，失去他？这简直就是个笑话！我出生的时候，他就抛弃了我和我妈，还有我那个同母异父的兄弟西德尼。"查理解释道，看着侍应又倒了一杯酒，"我想我爸爸酗酒之前应该也是个好人吧。他收养了西德尼，而西德尼的亲生父亲——我妈妈的第一任丈夫却没能做到，所以我觉得我爸爸应该是个好人。"

"你从来没有见过他？"凯厄斯小心翼翼地问道。

"我后来见过他。我妈妈是个歌手，不过后来失声了。"查理把玩着玻璃杯继续说，"她失业后，我们三个先是去了收容所，后来又去了孤儿院。我们实在太穷了，我妈病得很厉害，最后进了疯人院。我和西德尼则睡在他们安排的一个狭窄的小房间里。突然间，我没有了爸爸，也没有了妈妈，所以社工把我一个人送去了孤儿院。"

"一个人吗?"玛丽关切地问道,"你哥哥呢?"

"西德尼参加了海军。那些警察也真是够蠢的。我甚至从他们的裤裆下逃走过。有个人还摔了个屁股蹲儿。"记起往事,查理轻轻地笑了笑,像是能从他手中的玻璃杯上看到往昔。他叹了口气,脸上那种似乎只有顽皮孩童才有的满足感稍纵即逝。他突然皱了皱眉,像是对在空玻璃杯上生成的另一段记忆有些恼怒:"我冲他们大喊大叫,要他们放了我,但没什么用。他们还是把我拖上了马车。最后他们带我去了孤儿院,我在那里被关了很长时间。对了,我和西德尼跟我爸爸生活过一段时间,可是本性难移……他的妻子对我们简直糟透了。"

查理的表情有些痛苦,停顿了一下,但他很快回过神来,在椅子上挪了挪:"我爸爸也曾给我留下过美好的回忆,在我八岁生日的时候,他帮我进入了一家舞蹈公司。我在那里学到了很多,但我真正的老师还是我妈妈。没有她,我想我肯定不会爱上舞台。有时候,她在窗户旁一待就是好几个钟头,看着街上的人,然后用自己的手、眼睛和脸惟妙惟肖地将街上行人的特点表演出来。我也通过观察她,学会了用肢体语言将自己的情感表达出来,最重要的是,我学会了了解他人。"

"我也学会了用手将自己的情感表现出来,不过我是通过绘画的方式。"巴勃罗说。

"挺有意思的,"阿尔伯特摸着下巴说,"我只是学会了用手拉小提琴。其实我挺喜欢演奏的。可惜我表演小提琴的时候好像只有我一个人会欣赏……没错,我喜欢用'表演'这个词。"

"我觉得我们全都是生活的艺术家。"查理说,心情再次愉快起来。

"呃,"雅各布终于说话了,"我觉得自己不能算是艺术家,因为我只会用手写文章。我跟你们说,不管怎样,我觉得这比卖我的画强多了。"他爽朗

地笑起来,看着巴勃罗,"还记得我们当初共用一个房间的穷酸样吗?"

"噢,当然记得。"巴勃罗大声笑道,"那时候我一只手拿着画笔,另一只手拿着蜡烛。当年真是苦不堪言!那个房子实在太冷了,我甚至还用画生火呢。"

"我们甚至不会做饭!"他的前室友雅各布说。

"这算什么?"巴勃罗又喝了一大口酒,一拳砸在桌子上,"我以前比这还要糟糕,不过那个时候我有漂亮的家具,特别是那张床……"

"什么?"凯厄斯没听明白,"你是说那段糟糕的日子吗?"

"当然啦!"费尔南德开起了玩笑,随即搂着巴勃罗的肩膀,"如果喜欢睡在漂亮的床上,在墙上作画,那也不算太糟糕。"

"我跟你一样都能画出漂亮的东西,亲爱的。"巴勃罗嘟囔道,热情地吻了一下费尔南德,妮娜和玛丽脸都红了。

"你呢,斯泰因?"阿尔伯特也好奇了,想让那个一直默不作声的女人一起聊天,"你喜欢做什么?"

"我也喜欢写作。"斯泰因说,嘴里徐徐地吐出烟雾,"我也想用我的双手表达情感,正是因为这个,我甚至弃医从文了。"

"你后悔吗?"阿尔伯特担忧地问道。

"我觉得拯救人的身体没有意义。"她一本正经地说,"身体很重要,但还有道德心,不是吗?"

"道德占的比重还不少呢。"安德烈的情绪也被点燃了,"格蒂[①]懂得点燃思想的火焰。更难能可贵的是,她有心资助崭露头角的艺术家,比如坐在这里的巴勃罗。"

"写作,"玛丽小声说,"对我来说太难了。我每天都会学着写上一整页,

[①]斯泰因的昵称。

但即便如此，我也老是犯错。我的笔记本里都是潦草的涂鸦，我连'B'和'R'都分不清。我只能通过记住单词的样子学东西。"

"我也老写错别字。"巴勃罗说。

"算我一个。"阿尔伯特说，"所以，我只有在脑海中形成图像才能思考问题。"

"我也是这样！"巴勃罗目瞪口呆地说，"看来我们还真有许多共同点，我的朋友。我脑海里也尽是图片。"

阿尔伯特看着角落里展出的几幅印象派画家的画作，说："跟画家揭露现实世界的方式一样，我是通过数学揭示真相。"

"数学！"玛丽欢快地说，"我一直都挺喜欢数学的。要是我有机会继续学习的话……我是说，如果我有条件学习，我会学一辈子数学和钢琴。"

"呵呵，数学？"凯厄斯厌恶地说，"对我来说，数学简直就像阴魂不散的恶魔，老缠着我。我数学不行。"

"这个没什么好担心的。"阿尔伯特说，"要说数学方面有问题，我的问题比你的大得多。"

"要是这样的话，"杜尔偏激地说，"数学存在又有什么意义呢？"

"你这说的什么话！"阿尔伯特惊讶地说，"数学是一门非常具有创造性的学科，是了解宇宙的最佳方式。如今我还不能随心所欲地探索宇宙，但是音乐让我在喧嚣的生活中释放压力，而数学可以让我看到肉眼探索不到的世界。"

"我理解音乐可以让人释放压力，白日梦也有能让人放松的效果，可你居然说数学也有这本事！得了吧！"杜尔不屑地说。

"得了吧，杜尔，"巴勃罗说，"你不是说你是从名校毕业的吗？那就应该知道音乐和数学之间有着紧密的关系。"

"你说的紧密的关系是什么意思？"斯泰因的眼里闪过一丝不快，"你到

底在说什么？"

"呃,格蒂,两者都渴望表达我们灵魂最深处的需要——跟宇宙无限的联系。"

"好了,伙计们。"雅各布突然起身,打断他们的话,"大家讨论得这么热烈,我也舍不得,不过我没时间了。可以走了吗？报社还有一个钟头就要关门了。"

"这么快就走了啊。"巴勃罗咕哝道。

"也不早了,我的朋友。我可没有你这么幸运,你的时间都是由你自由安排的,而我还得尽快把文章交上去。再说了,我可没心情忍受寄宿旅馆那个满腹牢骚的老婆子,她老是追着我要我付房租。"

"别担心了,雅各布！我再给她一幅画不就行了。"

"你的记性也太差了吧,巴勃罗！你忘了那个守财奴是怎么说的了？她不会再要画了。"他提醒道。

"我也得走了。"查理说,"我还得回车站呢。"

"找到线索的话告诉我。"凯厄斯说。

"交给我好啦。"他说着离开了咖啡馆。

三个人走了后,其余的人再次沿着蒙马特区的街道走去。他们经过街道的台阶时,看到几个小孩在那儿开心地玩耍,他们还惊讶地发现那里有个市场。店铺前面停着马车,窗户上还贴有不少画。面包店和市场小贩的竞争非常激烈,很难判断哪家更能吸引周围熙熙攘攘的人群。甜面包上镶嵌着各种颜色的糖果,空气中弥漫着让人难以抗拒的香甜味,但已分不清香味是来自面包还是刚从乡下采摘的各色花朵。新鲜水果颜色各异,香味融合在一起,让人胃口大开。

当所有人在街中流连忘返的时候,有着敏锐观察能力的画家巴勃罗已经抑制不住内心的激动,从唯一一辆卖鱼的马车上拿下几张牛皮纸,把此情此景画了下来。其他人最终没能经得住诱惑,慢慢将心底的欲望释放出来。斯泰因买了个篮子,将她喜好的东西放在篮中:葡萄、香蕉、苹果、西瓜、柠檬……跟在她后面的人群像孩童一样吆喝着要这个要那个,她都一一放进篮子里。

要不是因为突然下起了暴雨,这群人还不知道要逛到什么时候呢!

街上再也没了之前的平静,人们乱作一团,互相推搡着。

"这边走!"巴勃罗指着街尽头说。

"我们去哪儿?"玛丽一边用夹克挡着雨,一边问道。

"到这边来。"费尔南德招着手说。

凯厄斯看到人群正往拉维尼昂的街口跑,他也跟在巴勃罗后面跑去。最后,人群跑向了一个类似贫民窟的地方,那里的房舍看起来脏兮兮的,给人一种凄凉的感觉。屋顶已经破烂不堪,雨水从很大的缝隙里"啪嗒啪嗒"地落下,像是彩排过无数次一样。可怜的居住者不慌不忙地拿来盆和桶,放在滴水的地方,这种治标不治本的办法只会让雨漏得越来越厉害。

"这是什么地方啊?"阿尔伯特四下看了看问道,他刚跟着一群人进入一幢漆黑的建筑物,"这里看起来并不像寄宿旅馆啊。"

"当然不是啦。"玛丽笑着说,"你不会真觉得这是寄宿旅馆吧?"

"我真以为是的,亲爱的。我经常会忘记自己在哪儿,尤其是住的地方。所以,我每次都会在口袋里放些纸条提醒自己。"阿尔伯特耐心地解释说。

"可是你怎么会弄错呢?这个地方既没有广场,也没有灯柱……甚至连人行道都没有!"

"这里真是个好地方!"凯厄斯兴奋地说,"到底谁住在这儿啊?"

"费尔南德和差不多五十个人住在这里,当然还有本人。"巴勃罗说。

"这里租金贵吗?"阿尔伯特问。

"这里?当然不贵啦!"费尔南德说,"一个月只要十五法郎。"

"天哪！我在寄宿旅馆一个星期就要付这么多钱。"

"这里没有家具，没有煤气，没有暖气，没有下水道，也没有电灯，当然便宜啦。"

"你什么意思，费尔南德？"巴勃罗不乐意了，"你什么意思，这里什么都没有？你不记得这里可供二十四个房间用的公共厕所吗？"说完，巴勃罗用手肘轻轻推了推他的朋友阿尔伯特。

"这里真的好便宜，你们不觉得吗？"

"这里最妙的还是名字——洗濯船①，这是雅各布取的。"安德烈高声说。

"太贴切了。"斯泰因笑着同意道，"这里就像市政厅为洗衣服的人准备的旧木船。"

"你真是太乐观了，表姐。"杜尔说着挥了挥手帕，"我们根本就不该来这个地方，我看这里应该关门才对。看看，天花板都腐烂了！可能随时都会坍塌。而且还漏水，连个干的地方都没有。我的鞋子全都湿了！"

人群躲过雨滴，来到一段摇摇欲坠的楼梯脚下，这里有个很大的水槽和一个锈迹斑斑的水龙头。巴勃罗突然扑向他的女友费尔南德，吻了她一下。

"你到底怎么回事儿？"她尖声叫道，要将他推到一边。

"我怎么回事儿？你什么意思？我们不就是在这样的天气情况下在这里相见的吗？你光着脚丫，站在这个水槽前。"

"我需要一个温暖的地方，巴勃罗。"费尔南德咕哝道，僵硬地站在唯一一个没有滴水的地方，"巴勃罗，我跟你可不一样，只会靠激情过活！"

---

①"洗濯船"是位于巴黎蒙马特区拉维尼昂13街的一座肮脏的建筑物。这个地方之所以有名是因为在20世纪初有一批出色的艺术家在此生活，并将其租为自己的工作室，如巴勃罗·毕加索、马科斯·雅各布和安德烈·萨尔蒙。

"巴勃罗！"一个大眼睛、有着天使面庞的女人喊道，跟她一同前来的还有一个黑头发、黑眼睛、穿着灰色西服的男子。

"爱丽丝，我的宝贝！"巴勃罗兴奋地打起了招呼，热情地吻了她的面颊，"你最近去哪儿了？"巴勃罗没等女人回答，又看着那个黑发男子说，"你好，莫里斯！"

"你好，巴勃罗。"莫里斯向其他人点头问候，还吻了斯泰因的手，"你好吗，夫人？"

"莫里斯先生，再次见到你真是太高兴了，你好吗？"

"我好着呢。"

"看来你还挺享受结婚后的生活。"她说。

"对了，爱丽丝，你这段时间到底去哪儿了？"巴勃罗再次问那个模特。

"噢，我没去哪儿呀，亲爱的。我终于找到一个为摄影师做模特的工作，我来这里是想看看费尔南德是否也对这样的工作感兴趣。"

"在哪儿？"费尔南德问道。

"你肯定不会相信的。"她兴奋地说，"我在让·杜阿尔特的工作室给我们两个找了份工作！"

"摄影师？"

"是啊，是啊。"爱丽丝证实道，她踮着脚尖轻轻地跳了跳，"你觉得怎么样？"

"我怎么觉得这个名字挺耳熟的。"玛丽小声对凯厄斯说。

"他也是寄宿旅馆的租户。"凯厄斯记起来了。

"我想起来了！"玛丽也突然记得了，"我怎么能忘记呢？他人挺好的。"

"费尔南德，"爱丽丝又问，"你到底去不去？"

"当然去啦！什么时候开始？"费尔南德高兴地说。

"他希望我们今天就开始，工作可能要持续两个星期。你意下如何？"

"太好了！"

"那我们走吧。"说完，两人搂着准备离开。

"哼，你们这两个叛徒！"巴勃罗挡住她们的去路，生气地说，"我呢？你们愿意当个愚蠢的摄影模特而不管我的画了吗？"

"别这样，巴勃罗。"费尔南德抓住他的胳膊说，"我们不会不管你的，你不能说摄影模特就愚蠢吧。"

"当然不会啦，"爱丽丝也附和道，"而且杜阿尔特一般都会当天给钱……给的还不少！我们可以去了吗？"

爱丽丝这下真把巴勃罗惹火了，他生气地盯着她。

费尔南德吻了一下他的前额，便匆匆跟着她的朋友沿街道走了。

"这下好了，"那个穿灰西服的男子叹气道，"看来我们两个都快要没有女朋友了。"

"都没了。"巴勃罗朝那幢旧建筑物的里面瞅了瞅，咕哝道，"什么都没有了。"

第六章 趣解相对论

巴勃罗脱下外套,开始寻找灯具和蜡烛。蜡烛的火焰给他的小工作室增添了一丝神秘的气氛,室内的细节慢慢显露出来。黑暗的房间有些潮湿,一个简易的铁床上有张床垫,旁边是生锈的炉子,炉子紧靠在粉刷得很差劲的墙壁上。跳动的火焰中出现了一个小桌子,上面放着一个土色的盆。房间里还有几张木椅,一根原木显然也是用来当凳子的。大大小小的帆布上画着栩栩如生的画,就像阴暗、潮湿的环境跳动着的生命的火花。地板上的颜料管和画笔组成了另一幅令人兴奋的画面。不难想象,一只看不见的手会随时拾起它们,继续在这个地方制造快乐。蜡烛、灯具发出光亮,紫色的云遮住了鲜橙色的落日,点亮了只属于巴勃罗构思时广阔的内心世界。

突然,从一个抽屉里蹿出一个小"居民",它自然无需为突如其来的暴雨感到困扰。

"它一直都住在里面吗?"玛丽说。巴勃罗小心翼翼地将小白鼠从抽屉里拿起,放在玛丽的手上。

"它喜欢这样。"巴勃罗告诉她。

"我哥哥以前也养白鼠。"玛丽陷入了回忆里。

"你呢,你没养过宠物吗?"

"养过,我曾养了一只叫托尼的狗。我非常想念它。"

"天哪。"阿尔伯特四下看了看说,"这里让我想起了奥林匹亚科学院。"

"这么个地方怎么会让你想起奥林匹亚科学院?"莫里斯惊讶地问道。

"那里其实算不上科学院。"阿尔伯特说,"我和我的朋友经常在我们的住处聚会,我们管这个叫作科学院。当然,我们会轮流坐庄。那时我们很穷。如果聚会时有一根香肠、一种水果,就还是运气好的时候。"阿尔伯特说,"但这没什么要紧的。我们喜欢的是奥林匹亚科学院给我们的自由。这跟那些华而不实、让人厌恶的学院正好相反。我们在那里可以随心所欲,想说什么就说什么。我们可以自由地谈论政治,品读、讨论跟哲学有关的书,比如柏拉图、斯宾诺莎、康德、叔本华和狄更斯的作品……我还可以拉小提琴到很晚。"他顿了顿,开心地笑了笑,沉浸在回忆里。

"我也非常喜欢狄更斯。"玛丽开心地说,"我和我妈妈经常会在睡前看他的故事。"

"我也想这么做。"阿尔伯特的眼神飘远了,"看赫兹[1]、安培[2]或者庞加莱[3]的理论也十分有趣。"

"庞加莱!我看过他的那本《科学与假设》。看来你也喜欢科学了?"莫里斯问。

"那是我最喜欢的科目之一。"

"你毕业了吗?"

"我在苏黎世联邦理工学院学的数学和物理。"

---

[1]海因里希·鲁道夫·赫兹(1857—1894),德国物理学家,于1888年首先证实了电磁波的存在,并对电磁学有很大的贡献,故频率的国际单位制单位"赫兹"以他的名字命名。

[2]安德烈·玛丽·安培(1775—1836),法国物理学家、化学家、数学家,在电磁作用方面的研究成就卓著。电流的国际单位"安培"即以其姓氏命名。

[3]亨利·庞加莱(1854—1912),法国数学家、天体力学家、数学物理学家、科学哲学家,他的研究涉及代数学、几何学、拓扑学、天体力学、数学物理、多复变函数论、科学哲学等许多领域。代表作品是《科学和假说》《科学的价值》《科学和方法》等。

"我也特别喜欢数学,只不过……"莫里斯有些担心地说,"数学其实只能算我的爱好。"

"那意味着你已拥有一切,我的朋友。"阿尔伯特大声说,"如果你觉得我在那里学到了东西,那你就错了。"

"呵呵,我完全想象得到。"杜尔说,不过她的表姐斯泰因突然示意他不要说了,用胳膊肘捅了捅他的肋下。

"那些老师只会机械地把课本大声读出来。"阿尔伯特并没有理会对方短暂的打扰,继续说,"结果我发现在那里唯一能学到东西的地方就是图书馆,我如饥似渴地看着每一本书,最重要的是,我在那里遇见了挚友米洛娃。"

"理工学院居然还有女生!"

"噢,是啊,很少有女生可以去那里念书,米洛娃就是其中之一。我自然也有了一个各方面都很优秀的搭档。两个人一起学习的效率高得多,这点我也承认。"他告诉众人,莫名其妙地笑起来。

"我从来没这样想过。"莫里斯失望地嘟囔道,"我原以为在理工学院这样的地方,人们只会埋头讨论课题、研究理论呢……对了,你现在是老师吗?"

"我也就是教些私人课程,现在在伯尔尼的专利部门工作。"

"听起来像是没什么意思。"

"我以前也这么认为,但现在我庆幸能去那里工作,因为我有大量的时间可以发挥想象力。"阿尔伯特一脸严肃地看着玛丽和凯厄斯。

"真希望雨很快停了。"玛丽看着窗外说。那扇窗户只有一个铰链,几乎要从腐烂的木框上掉下来。

"我希望我们星期日的时候可以出去,"凯厄斯自言自语道,"这鬼天气应该不会持续到那个时候吧。"

"你们谁是时间旅行者?"阿尔伯特出乎意料地问道。

"你什么意思?"安德烈声音嘶哑地说,从桌上拿起酒杯喝起来。

凯厄斯瞪大眼睛看着阿尔伯特:"你说什么?"

"时间啊。我们对时间了解多少?"阿尔伯特说着突然站了起来,朝窗户走去。

凯厄斯不再说话了。他的心怦怦直跳,很不情愿继续聊这个话题。

"是时间经过我们,还是我们经过时间呢?"阿尔伯特继续问道。

"时间旅行者,我喜欢。"巴勃罗说。

凯厄斯整个身子都僵住了。

"我知道。"斯泰因说,"时间就好比一条河,河水会载着我们前行。"

"时间是会流逝的,我的朋友。"安德烈说着点燃了一支烟,"我觉得白天的时间过得很慢,晚上则过得很快。我们看着镜子里的自己时,可以看到时光带走了我们的青春。"

阿尔伯特没有说话,直到发现坐在凯厄斯旁边的玛丽羞怯地举起了胳膊。

"请说?"阿尔伯特礼貌地笑了笑,问道。

"如果是我们穿越时间,那就都会成为时间旅行者,对吗?"她问。

"你为什么会这么想?"

"我觉得如果没有时间,我们就动不了,哪里都去不了。"

"嗯,这个问题很简单,却切中要害。"阿尔伯特赞扬道,"从某种意义而言,我们都是时间旅行者。我们会穿越到未来,但每个人的情况并不一样。这才是关键。"

凯厄斯放松下来,深吸了一口气。

阿尔伯特继续说:"实际上,我们所了解的时间只不过是个维度。你听说过一本叫《时间机器》[①]的书吗?"

[①]《时间机器》是英国著名小说家赫伯特·乔治·威尔斯在1895年发表的一部科幻小说。这本书也是威尔斯的第一部科幻小说。有评论家将这本书出版的那年认定为"科幻小说诞生元年"。

"噢,我知道那本书,它给我们讲述了时间的概念。"莫里斯接过巴勃罗递来的酒说,"而且在那本书中,时间旅行者曾问他的朋友转瞬即逝的立方体是否真的存在。"

"什么叫转瞬即逝的立方体啊?"巴勃罗问道,用瓶子碰了碰他的额头。

"时间旅行者的朋友也都不明白。"莫里斯喝了一口酒说,"于是,时间旅行者又问了一个问题,'一个立方体的持续时间为零,它能真实存在吗?'"

他们全都若有所思地看着彼此。安德烈从他旁边的桌子上拿起一副眼镜,起身在笔记本上写了什么。莫里斯则继续刚才的话题。

"在那本书中,时间旅行者说立方体光有长度、宽度和厚度还不够,只有具备第四种维度,也就是时间的时候才会存在。否则,正如玛丽所说的,我们又怎么在时空中穿梭呢?我们必须知道立方体什么时候存在过,是否存在过,或者将来会不会存在。"

"但时间算哪门子维度啊?"坐在斯泰因旁边的杜尔不悦地问道,"你到底想说什么?"

"冷静点,杜尔,"斯泰因将手搭在他的肩膀上说,"我好像明白莫里斯的话了。打个比方……如果我邀请你参加派对,你仅仅知道在花园街和库贝万街拐角的二楼这样的信息足够吗?"

"当然不够啦。"杜尔固执地摇着头,"这个问题可真够蠢的。"

"为什么?"

"呃,只是因为……"他傻乎乎地看着众人窃笑道,"你没说时间啊!"

"所以,除了将派对举办的地点告诉你之外,还得告诉你时间对吗?"

"没错。"阿尔伯特打断他们的话,杯中的一些酒洒到了地板上,"前面两个信息告诉我们去哪里,也就是地球表面某个地方;第三个信息,也就是你要去的楼层,指明的是你要去的高度;而第四个信息时间则是告诉你什么时候必须去。其中前三个坐标跟空间有关,最后一个跟时间有关。这四个坐标也就是四个维度。"

"也就是转瞬即逝的立方体。"巴勃罗手里拿着笔记本说。

"你解释得不错,"莫里斯在房间里一边踱步一边说,"如果时间是第四维度的话,那威尔斯在书里说的时空概念的新观点就是对的。"

"太有创意了!"画家巴勃罗说,兴奋地在笔记本上画了个立方体,"这意味着我们还有第四维度……对于我来说,好比打开了一个新的视角。我喜欢!"

"巴勃罗,你知道吗?"莫里斯继续说,"我一直挺担心这事儿的。古典画家认为这种流派是一种光学错觉。"

"我们之所以只有三种空间维度和一种时间维度,或者换种更好的说法——时空维度,是因为重力作用。"阿尔伯特说着拿出一个烟斗,准备点燃。

"怎么可能呢?"凯厄斯问道。

"庞加莱理论的其中一个基本观点就是重力会影响时间。"

人群再次沉默了。他们似乎被这位物理学家的"错误观点"惊呆了。阿尔伯特把烟斗从嘴里拿了出来,往床边走去。紧接着,他拉扯着一张床单,将它绷紧后说:"时空不是绝对静止的,而是相对的。"

"空间怎么会是相对的?"杜尔问道。

阿尔伯特说:"庞加莱曾想象过这样的经历——假设你在睡觉的时候,你、你的床和整个宇宙……所有的一切都膨胀了一千倍,等你再醒来的时候,你能感觉到这种差异吗?"

"当然不能啦。"他生气地说。

"为什么?"

"我根本就无从知晓嘛。"

"这是因为你根本就无从比较。如果你说宇宙变大了,就是没有道理的,因为没办法拿宇宙跟比它小的东西比较。所以大小的概念是相对的。"

"好吧,我明白了。那时间呢?"

"时间也是动态的。"阿尔伯特继续说,又给自己倒了一杯水。

"任何事物都处在永恒的流动中。"

"我不明白你什么意思。"

"没有哪个人能踩进同一条河里两次。"凯厄斯说,"昨天的水跟今天的水不同。水时刻都在流动。"

"没错。"阿尔伯特同意道,转头看着这位颇具前途的学生,"真有意思!你知道赫拉克利特[①]吗?"

"知道啊,我对他非常了解。"凯厄斯热情地说,"他给了我非常好的建议。"

"是吗?"阿尔伯特笑道,浓密的眉毛扬了起来,"我也喜欢他的理论,每次去上班的时候都会把他的书夹在胳膊底下。"

"赫拉克利特是谁啊?"莫里斯小声向斯泰因打听。

"他是希腊伟大的哲学家。"她也小声说。

"噢,是吗?他什么时候去世的?"

"大约2500年前。"

"天哪!"他倒吸了一口气,古怪地看着斯泰因,女人也调皮地看着她。

"总之,"阿尔伯特继续说,"正如我说的,时空好比一条河。一切都是流动的,永不停歇。时间除了会流动之外,还是相对的。"

"你什么意思?"玛丽来了兴趣,"我好像不大明白。"

[①]赫拉克利特(公元前540年—公元前480年),古希腊哲学家、爱非斯学派的创始人,著作有《论自然》。

"我的意思是说任何地方的时间都是不一样的。"

"我不同意！"莫里斯说，"根据牛顿的理论，绝对的真实的时间是永远均匀流动的，不依赖于钟表等任何外界事物。"

"我的朋友。"阿尔伯特将烟斗放在桌子上，反对道，"虽然我也十分尊重过去那些科学家的研究成果，但如果我们要用新的实验重新定义物理学，就不能简单地照搬十七世纪的理论。我们可以做个实验，将一个钟放在赤道附近，另一个钟放在极地，你会发现赤道附近的钟要比极地的那个钟走得慢些。"

"为什么？"凯厄斯不解地问。

"同样的原理，时钟表盘的中间要比边缘老化得更快，因为重力影响时间。"阿尔伯特说完，又朝床边走去。

看到阿尔伯特走向床边，巴勃罗问道："你到底想用床做什么？"

"你们想象一下，这张铺得整齐的床很大很大。"阿尔伯特走到篮子面前，拿了一个西瓜，回到床边继续说，"现在告诉我，如果我把这个西瓜扔到床上会出现什么情况？"

他在众人的眼皮底下松开西瓜，其他人都惊奇地看着这一幕。

"床单会陷下去。"玛丽笑道，"到时候要整理床铺。"

"亲爱的，我们也可以换句话说——床单弯曲了。要是我把这个柠檬丢下去又会发生什么情况呢？"

"床单也会弯曲，但弯曲的幅度会很小，"莫里斯答道，朝斯泰因走了过来，"你到底想说什么？"

阿尔伯特没有理会他的问题，继续说："如果我把柠檬推到西瓜旁边呢？"他笑着慢慢将柠檬滚到西瓜的位置。

"它们现在挨在一起了。"玛丽说。

"那又怎样，阿尔伯特？"巴勃罗说，越发不耐烦了，"你只管告诉我们，到底想表达什么意思吧？你把这两样东西放在床上，用来静物写生？"

"好吧。"阿尔伯特继续说，没有理会众人的哄堂大笑，"现在，想象这张床单和床都是透明的。你们觉得这两个水果会发生什么情况？"

"呃，"凯厄斯尽量忍住没笑，"看起来像是西瓜吸住了柠檬。"

"没错。"阿尔伯特摸着水果说，"给我们的感觉就像更重的西瓜吸引了小柠檬。所以，朋友们，我相信空间也会发生同样的情况。你们现在看到的就是重力作用。太阳也会让空间弯曲，跟西瓜在这里的作用一样，而这只可怜的柠檬就好比我们的地球。如果地球没有在轨道上做平移运动，就会径直朝太阳过去。但太阳因为质量大，会让空间弯曲，而地球正是在这个曲线上运动。曲线则是始作俑者。它会让物体相互吸引。由此看来，物质总是会让时空弯曲，只是弯曲的比例有大有小。"

"太神奇了！"凯厄斯说着拿起床上的柠檬，"如果我将柠檬滚向床边，而不是滚向西瓜，柠檬就会逃离凹陷的床单，继续沿直线移动。"

"这也解释了为什么别的星球不会被太阳吸引！"莫里斯说，"这个还真是有点意思！为什么以前没人注意过呢？"

阿尔伯特朝他走了过去，双手放在他的背上："我的朋友，如果一只瞎眼的甲虫在树枝上爬过，它肯定不会意识到自己走的路是弯曲的。我只是幸运地想到了甲虫没想到的东西。"

"没错，我们就像甲虫。"凯厄斯说，"我们甚至没注意到地球是旋转的，不是吗？"

"并非永远都是这样的情况，"阿尔伯特不同意这种观点，他喝光了杯中的最后一点酒，"对我来说，有时候就是因为太容易了，才看不到所有的东西都在旋转。"

"我现在有点儿喜欢这个时空概念了。"巴勃罗在空中挥舞着双手说，"这个观点真是很妙！你的想象力可真丰富！"

"我既没有特殊的天赋,想象力也不够丰富,"阿尔伯特一本正经地说,"我只不过是对什么事情都特别好奇而已。"

"有件事我挺好奇的,"玛丽转身对阿尔伯特说,"你说'物体相互吸引'到底是什么意思?"

"万有引力定律告诉我们,所有的物体都会吸引离其相对较近的物体。太阳吸引地球,地球吸引人,人也会吸引地球。不过,人和人之间的相爱跟重力可没有关系。"他解释说,脸上露出顽皮的笑,玛丽脸都红了。

"你是说我也会吸引地球吗?"安德烈插话道。

"当然啦!看起来的确不可思议,但人和星球之间是存在万有引力的,虽然我们不会注意到这种吸引力。你知道吗,你和你手里的笔记本也存在这种引力?"

"呃,这点我也同意,"安德烈笑着说,亲切地将笔记本捂在胸前,"没有它,我就活不了。我许多绝妙的点子都记在这上面。"

"有点意思。"阿尔伯特说着从篮子里拿了些葡萄,一下塞进嘴里,"我现在就这么一个绝妙的点子。"

莫里斯好奇地问:"那你如何解释光?"

"光怎么啦?"阿尔伯特说,费力地睁大眼睛。

"光会受这种曲线的影响吗?"他继续问道。

"是的。"阿尔伯特证实道,"你说得对。毕竟,光也是通过空间传播的,既然空间是弯曲的,光肯定也能沿着曲线走。"

"我不信。"杜尔咕哝道,他从裤子口袋里掏出一块手帕,擦了擦额头上的汗,"你这也太扯了!"

"为什么不行?"巴勃罗质问道,"我觉得这事儿越来越好玩了。"

"我倒想看看他怎么证明。"杜尔用手帕指着阿尔伯特,不服气地说。

"我没办法证明某个定义。谁也没有这样的本事。我们只能证明这种观点有道理。"

"你这不是胡扯吗？完全是无稽之谈！"杜尔的手在空中一挥，生气地吼道。

"亲爱的杜尔，只有在人们怀疑某件事情，并且证明相反的结果是正确的时候才能说某件事情是无稽之谈。"阿尔伯特靠在凯厄斯的肩膀上，耐心地笑道。

"我坚持认为你的理论根本就没什么道理，完全不符合逻辑。"

"在发现宇宙法则的过程中，根本没有所谓逻辑的方法，唯一的方法就是直觉。我也有个问题要问你，诗人是如何写诗的？"

"你什么意思？"杜尔警觉地问道。

"我是说，诗歌的概念是如何进入你的脑海的？"

"我不知道。我只是感觉到了，就像是自然在我脑海里生成的。"

"科学家的工作原理也是如此。"阿尔伯特争辩道，"发现机制是不符合逻辑的。你难道就不明白吗？这是一种顿悟，像是突然进入一种忘我的状态，跟想象力有关，而想象力比知识更重要。"

"多么厉害的想象力！"凯厄斯称赞道，"真带劲！"

"杜尔，我懂他的意思了，"巴勃罗插话道，"就像我是画家，但也不知道如何解释我为什么这样画，为什么那样画……根本没有理由！"

"我想了九十九次，结果什么也没发现。"阿尔伯特继续之前的话题，"后来，我没去思考了，干脆静下来，结果却发现了真理。人的思维一跃而至，到达可以分析的层面，但在此之后，思维会进入更高的维度，却不知道是如何进入的。所有伟大的发现都会遵循这样的过程。"

"要我说，世界上总会存在无法解决的大谜团。"玛丽落寞地说。

"亲爱的，"阿尔伯特朝她走了过去，"人生最有趣的经历就是破解谜团。"他拉过玛丽的手，轻轻吻了一下，"这也是所有真正的艺术和科学的核

心价值,你不同意吗?"

"胡说!"杜尔叫道,"你完全是在胡说八道。"

"有件事你倒说得很对。"阿尔伯特轻轻地松开玛丽的手,然后转身看着杜尔,不耐烦地说,"只有两样东西是无限的:一是宇宙,二是人类的愚昧。不过我对宇宙不大了解。"

"噢,别吵了,杜尔!"斯泰因也被激怒了。

"可是我不同意他说的任何观点,格蒂表姐,仅此而已!"

"不用担心你表弟,亲爱的,"阿尔伯特对斯泰因说,"要是所有人的观点都是一致的,那还叫什么讨论。"

"还有比这更疯狂的事儿吗?"安德烈戏谑道。

"你如何看待我们在向未来行进,周围却都是过去的观点?"莫里斯说着从口袋里拿出一个银色的烟盒。

"你说周围都是'过去'是什么意思啊?"玛丽问道,这下她彻底被搞糊涂了。

"太阳光要八分钟才能到达地球。所以,不管我们什么时候看到阳光,都延迟了八分钟,我们看到的太阳光都是过去的。同样的,天狼星的光到达地球要九年,我们可以通过望远镜看到九年前的天狼星光。即使我们在镜中的反射到达视网膜也需要时间,尽管这个时间极其短暂。我们在镜子里看到的是略微年轻一点的自己。所以,我们看到的还是自己的过去。"

"正如我最喜欢的哲学家大卫·休谟说的,现实只不过是幻觉而已。"阿尔伯特说。

"我同意。"巴勃罗将手放在阿尔伯特的肩膀上承认道,"我们对世界的了解源于感知,而我们周围的一切只是感官印象。"

"太好玩了!"凯厄斯热情地说,不小心撞到玛丽,"这是不是说,如果在距离我们一千光年的星球上放一面镜子,我们可以用望远镜从那里看到一千年前地球的样子呢？"

莫里斯点燃一支烟，肯定地点点头。

"太神奇了！如果事情真是那样，我也用不着再旅行了……"

"等等，"玛丽觉得刚才的话挺有意思的，忍不住打断了凯厄斯的话，"你是说……望远镜就是时光机器？是这样的吗？"

"是啊。"阿尔伯特证实道，他亲切地笑了笑，将放在房子中间桌子上的西瓜切开了，"如果我们将一些镜子放在月球上，就能从地球上进行试验。"

"真是太可惜了。"玛丽轻轻地哼了一声，望着窗外的月光，"莫里斯，如果月亮真有那么远，那就能看到我们的过去了……莫里斯，那我们真的可以快速穿越时空吗？"

"呃，小姐，"莫里斯吸了一口烟，忍不住咳嗽两声，"如果我们真的可以穿越时空，如果我们真能掌握时间的规律，我们不仅能穿越时空，让时间穿越我们也完全有可能。"

"我们用不着老是去到未来，也可以回到过去啊？"她兴奋地拍着手说。

"如果时空像这张床单一样是弯曲的，"莫里斯解释道，然后随手从堆在地板上的书上拿起一张纸，"或者像这张纸一样，我们就可以穿越到未来了，也可以在某个特定的时刻回到过去。"

"胡说八道！你完全就是个疯子！"杜尔大怒，"你到底在胡说什么？"

"过去，不是有些航海家会绕着地球航行吗？他们是不是碰巧发现地球表面是弯曲的？他们中有些人一直朝一个方向航行，最后却回到了出发的地方。"莫里斯不再摆弄那张纸，而是将它放在桌子上，"时间旅行者是可以穿越到未来的，但是，如果时空是弯曲的，他也可能回到自己的过去，他甚至能看到自己正准备这样的旅行……"

"那也太悲惨了，"安德烈拿起一块西瓜伤感地说，西瓜汁滴得他手上

到处都是,"看到孩提时代的我们?我还真想这么做!看看自己还是个婴儿的样子。"

"你不用回到过去了,安德烈,"斯泰因顽皮地看了他一眼,"看看你现在的所作所为,看看你现在的穿戴就行了。"

"可是,"凯厄斯急于回到刚才的话题,忍不住打断他们的话道,"时空那么大。我们不能像航海家那样绕个圈就行了。所以,我要怎样才能既去到未来,又能回到过去呢?"

"而且要是穿越的速度非常快呢?"玛丽说。

"我已经仔细思考过这个问题了,"阿尔伯特说,"对于时间旅行者来说,时间会变慢。如果某人穿越的速度很快,他手上戴了一块表,他要是将手中的表跟静止的人所戴的表比较,就会发现自己的表会慢些。如果到达光速,这种延期就会达到极限。表上的时间会无限延期,也就会处于'静止'状态,甚至连人的心跳也会延期,新陈代谢同样如此。穿越者衰老的速度也会变得极其缓慢。如果我们能够超越光速,就能回到过去,但是,当然啦,这种情况是不可能的。没有什么能超过光速。"

"为什么不能超过光速呢?"玛丽失望地问道。

"想象一下,如果一个人乘坐的火车的速度超越了光速,他想用手电筒照着前面的车厢,这时会发生什么情况呢?"

"光无法照到前面,"斯泰因说着拿起了一个苹果,"这就好比1904年我在圣路易斯奥运会上看到的那名田径运动员一样。他想将奥运火炬递给比他快的跑步者,可他根本做不到,因为他只有等到别的运动员慢下来的时候才能把火炬递过去。"

"没错。"阿尔伯特称赞道,把杯中的另一杯酒又喝完了,"这是定律。光速是宇宙的极限速度,也是永恒的,永远都不会变化,剩下的就是相对论的问题。"

"胡说！"安德烈用胳膊肘捅了捅斯泰因，大声说，"你相信这些只不过是因为你酒喝多了！请问什么是相对论呢？"

"你是问我对相对论的看法吧，"阿尔伯特忍住没有笑出声来，"当一个男人在一个漂亮的女孩面前坐了一个小时，他却觉得像是只过了一分钟。但是他要是在滚烫的木板上坐一分钟，他就会感觉像是过了一个小时。这就是相对论。"

"没错，"巴勃罗开心地说，"我最喜欢画费尔南德了，时间不知不觉就过去了。但要是她生气的话……"

"当事人的精神状态对时间概念起着关键的作用。"莫里斯说，看到阿尔伯特想去坐凯厄斯旁边的椅子。

"那就是说我们没办法穿越时空了，"玛丽难过地说，"真要穿越的话得花上几十亿光年，是吗？"

"我们也可以换一种思维方式。"

"什么方式，莫里斯？"

"你还记得威尔斯写的那本书吗？他在书中说时间旅行者并没有借助机器，也不是以光速旅行的。他一动不动地待在机器里，看着时间提前了。如果他处于'曲速'中，这种情况是可能发生的。"

"曲速，"玛丽瞪大眼睛说，"这里的'曲'字作何解释？"

"我来告诉你，"阿尔伯特插话道，"你身上带纸了吗？"

玛丽在钱包里翻找着，找到一张折好的纸。

"我能用这张纸变个戏法。"他说完，接过那张上面印有火车时刻表的地图。接着，他从地上捡起一个烟蒂，放在那张已经展开的纸的一端："如果这艘'烟蒂船'从这张地图的一边驶到另一边，最短距离是什么？"

"最短的距离肯定是直线啦。"杜尔说，双臂仍然紧紧地抱在胸前。

"错。"阿尔伯特看到杜尔脸上不屑的表情，满足地笑了笑，"最短距

离是把地图折起来！我把地图弯曲后就能让这两个点连在一起了。你有没有注意到,我这么做的时候,我的'船'根本没有动？而这张纸,也就是这张弯曲的地图发生什么变化了么？曲速的原理就是这样。也就是将船前面的时空'弯曲'了,然后再在空间'打开'。船没有动,却从一个地方到了另一个地方,而这一切仅仅是空间膨胀和收缩的结果。这样,我就不会因为超速被开罚单了。因为我根本就没动,弯曲的是时空。"

"像是真有这么简单一样！"杜尔没好气地说,"你又怎么能弯曲时空？朝它扔个大西瓜吗？"

"有意思,这个问题我已经想过了,但我觉得西瓜必须特别大才行。再说了,这么大的西瓜要怎么运输啊？你们还有别的好点子吗？"

"我投降。"安德烈挠了挠脑门说。

"别放弃啊！"阿尔伯特说,"无论做什么事情,最重要的就是永远不要停止怀疑。好奇心的存在是有原因的,你的存在肯定也是有原因的,只不过我不知道罢了。"

"好吧,你这个疯子。"杜尔恶狠狠地盯着阿尔伯特,生气地说,"我倒要看看你有什么高见？你又打算如何弯曲空间？"

"别忘了,物质是会影响空间的,只不过……"

见阿尔伯特不说了,凯厄斯将手从下巴处移开,入神地盯着他。

"能量可以弯曲空间,"阿尔伯特继续说,"如果我们的速度能够超过光速,那么……"

"那么怎样？"凯厄斯说。

"如果某个物体接近光速,它再想提升速度会变得越来越困难。物体加速的阻力会越来越大,所以,物体加速的能量也会越来越大,质量也就会越来越大。"

"你是说将能量转换为质量？"莫里斯惊讶地问道。

"不止如此。我们还可以将微观的物质转成超大的能量。光本身没有质量,却有能量。能量是物质的一种自由形态。而质量则是物质的另一种形态,等着释放出来的是能量。"

"天哪!"莫里斯把烟蒂扔在地上,"如果这是真的,要是我们把原子核摧毁……"

"没错,我的朋友,毁掉原子核就会引发一连串的反应,会释放巨大的原子能量……"

"噢,天哪!"安德烈倒吸了一口凉气。

"别担心。"阿尔伯特抬起双手,打消了安德烈的顾虑,"这种能量在自然界还没被发现,人类也还不知道。"

"将来有一颗炸弹……不,两颗。"[①]凯厄斯咕哝道,不过,只有玛丽注意到了。

"我们怎么会谈论这种疯狂的话题?"安德烈不无担忧地说。他挠了挠前额,茫然地看着笔记本。

"这不叫疯狂,"斯泰因插话道,"我觉得应该叫创造力。动动脑子呀!你看起来就跟个活死人差不多!"

"真的吗?那你倒是说说,我该怎么描述能量转化成质量,质量又转换成能量这种事情?"

"我来帮你!"阿尔伯特站在作家旁边,在他的笔记本上写写画画。

"真是受够了!"杜尔不耐烦地说,又想看清楚阿尔伯特写的东西,"你写的是什么东西啊?"

经过一番激烈的讨论后,现在所有人的脑袋都有点晕乎乎的,大家都着急想看看阿尔伯特到底在写什么。凯厄斯仔细看了看,把那张纸拿了

[①]阿尔伯特说这话的时候原子弹还没被发明出来,但凯厄斯已经知道日本将来会被美国扔下两颗原子弹。

过来，难以置信地瞪着纸上的内容。

$$E=MC^2$$

"这是什么东西啊？"安德烈大声说。

"这是我的诗。"科学家阿尔伯特解释道，"能量等于物质的质量乘以光速的平方。跟你一样，我的诗人朋友，我也不知道这玩意儿怎么来的，只是感觉应该是这样。"

"你怎么能……"安德烈看着斯泰因说，"这么革命性的理论你怎么光用三个字母就表示完了。"

"所有的理论都应该以简单的方式描述出来，这样小孩才明白嘛。"阿尔伯特解释道。

"可这也太简单了。"杜尔说。

"说简单也不简单！"阿尔伯特轻轻地拍了拍他的后背，"所有理论都应该尽可能以简单的方式表现出来，但也不能过于简化。"

"光，"莫里斯一边踱步，一边看着阿尔伯特那个简单的方程式，"想象一下……如果光能生成重力场，重力场又能影响时间，那么光就能影响时间。现在我还真有点害怕了。要是这些假设都可能呢？"

"本来就有可能。"阿尔伯特抽着烟斗，咧嘴笑道，"有时我也觉得是上帝在跟我开玩笑。但我至少了解一件事情。"

"是什么？"凯厄斯问。

"上帝不会掷骰子。"

"你完全是在胡说八道，"杜尔尖锐地打断了阿尔伯特的话，"下次如果你还这么异想天开，就先告诉我。我可不想跟一个疯疯癫癫的科学家打交道。"

"疯狂和创造力是对孪生兄弟，"阿尔伯特说着又朝桌子旁走去，"创造力能够为我们创造奇迹,即使那些最不可思议的梦想也能成真。"

"做梦挺好的。"凯厄斯说。他看起来一脸疲倦,双手捧着下巴,"舒舒服服地睡觉才好呢。"

"做梦当然好。"阿尔伯特同意道,朝凯厄斯这边走了过来,突然一把抓住他的双手,"但要是醒来让梦想成真那才更好呢。"他转身看着那群人,朝杜尔走去,"会做白日梦的人才会将不可能化为可能。"

"做梦,哼!"杜尔又哼哼道,"我最讨厌做梦了。"

"只有渠道畅通,泉水才能流动。只有学生准备好了,才会出现大师。"阿尔伯特继续握着杜尔的手说,"杜尔,请不要压抑自己!"

"我不会的,"杜尔固执地说,一边吸鼻子一边用手擦了擦,"我就不明白了,你们这些物理学家怎么老是想着空间弯曲、时间旅行这种异想天开的事儿?要我说根本就是胡扯,完全是在浪费时间。"

"浪费时间?"阿尔伯特走到房间中央,"人们第一次听说飞行器的时候也是这么说的。看看桑托斯·杜蒙驾驶飞机围着埃菲尔铁塔飞行的壮举吧!我五岁那年,收到一个指南针作为礼物。我刚看到指针,就觉得太神奇了。无论我走到哪里,指针都会指向同一个方向。我意识到背后肯定隐藏着什么。如果只看表面,我是不会有这种想法的。人们不会关心太阳是否会烧毁一切,因为我们从小就知道太阳与我们的生活息息相关。时间旅行看起来十分荒谬,那是因为我们还没习惯像看待火车上的普通乘客一样看待时间旅行者。学会了解时间旅行可以让我们洞悉宇宙背后的奥秘,了解宇宙运行的规律。你知道侦探和科学家之间的区别吗?侦探碰到案件的时候会想着凶手是谁,科学家则是一边在'犯罪'——至少是实施了部分犯罪行为,一边调查自己的犯罪事实。所以,他必须发明一套理论,解决宇宙的奥秘。"

"我喜欢在空闲的时候破解各种谜团。"玛丽承认道。

"亲爱的,如果你能积极地利用自己的空闲时间,那么你已经走在正确

的路上了。"阿尔伯特说,"毕竟,时空是一种完全直觉的存在形式。"

"直觉?"玛丽咯咯笑道。

"你也知道,时空是客观存在的,但没有了时空,肉体就会不复存在。万事万物都是客观存在的,我们看到的一切都将成为我们的知识,对吗?我们对时空的概念是直观的,因此,万物的存在,包括我们所有的知识都是基于人类超强的直觉。"

"直觉?"玛丽重复道,"我以为我们只能通过观察去调查某些行为。"

"不是的,玛丽,观察也是基于我们的感觉,只能让我们看到真相的表面。人必须从感官虚幻的桎梏中解脱出来。直觉是我们的出发点。想象则是手段,但必须借助理性分析才能得偿所愿。只有这样,我们所有人才能找到命运的方向,自由运用我们的知识。"

"你是说我必须忽略线索,"玛丽耸耸肩道,"为什么只能依靠直觉?"

"如果你想解决难题,就要学会更加大胆。"阿尔伯特的语气起了变化,"加油,玛丽!你要学会随机应变,更要出其不意。像这样!"他飞快地转身,突然再次面对她,吐出舌头,差点舔到玛丽。

"我早说过了吧!"杜尔尖声叫道,"你们再看看!这个所谓的科学家像不像疯子?"

房间里异常安静。

"看来我说的话太多了。"阿尔伯特说着,将烟斗在桌子上敲了敲,然后放进外套口袋里,"不过,光是说话可不够。我得把这些想法都记下来,免得到时候忘记了。我的记忆力不好,做不了侦探。"

"给。"安德烈把他的笔记本递了过去,"用我的笔记本吧。你可能用得着。"

"谢谢。我等会儿还给你。"阿尔伯特说完转过身去,试图找什么东西,"你们有纸吗?"

"给！"玛丽用一只颤抖的手将几页白纸递给他，"你还要吗？"她说着把沾有香蕉的手擦干净了。

"噢，不用了，亲爱的。现在我得把这些记下来，我要用它写诗。我的空闲时间都会耗在上面，只有这样的事情才能让我感到快乐，这是我破解谜题的方式。"

"在数学中寻找快乐，哈哈哈哈！"杜尔嘲笑道，"真是太可怕了，不是吗？我觉得数学最招人厌了。数学这门学科怎么会这么愚蠢？"

"愚蠢？"阿尔伯特摸了摸下巴，惊讶地说，"对我来说，数学算得上最有效的工具，是男人的第六感、女人的第七感……"他说着轻轻摸了摸玛丽颤抖的脸，"我要走了，不过我想说的是，今天算得上我开心的一天了。这次讨论让我想起了跟我好朋友聊天的情形。我特别想念莫里斯。"

"莫里斯？"莫里斯莫名其妙地问道。

"是的，莫里斯。"阿尔伯特证实道，"我和莫里斯·索洛文、康拉德·哈比希特、米歇尔·贝索、马塞尔·格罗斯曼和保罗·哈比希特这几个人，轮流在各自的住处会面，吃的也无非就是香肠和水果。不过我们会面的时候特别有意思。在奥林匹亚科学院的时光真是美好。"他怀旧地笑了笑。跟着，他突然转头看着人群，皱着眉头说："我跟你们说过这事儿了吧？"

莫里斯笑着点点头。

阿尔伯特叹了口气，朝门口走去。

第七章 电影大师

对玛丽来说，时间已经很晚了，她之前甚至没跟妈妈说她出门了。巴勃罗还跟他的朋友待在画室里，一起愉快地聊天和交流看法。凯厄斯和玛丽走过湿漉漉的街道，街上灯火通明，人行道上挤满了人，几个波希米亚人开心地坐在桌旁说笑。他们到达广场的时候，看见一群人在一幢建筑物前面排队。他们在那群耐心排队的人里看到了一个熟面孔。

"查理！"玛丽开心地喊道。

"你好！"查理打了个招呼，跟他一起的还有一个留着板寸的小伙子。

"你在这里干什么？"凯厄斯问道。

"我和亨利来这里看电影。"

"看电影！"凯厄斯睁大眼睛说。

"我也看过！"玛丽自豪地说，"我去年就看过卢米埃尔兄弟①的演出。拍的是火车突然离开车站的情节。"她仰头开心地笑起来，"观众还以为是真实的，有些人还跑了出去要赶火车呢。"

---

①卢米埃尔兄弟（Auguste Marie Louis Nicholas, 1862—1954；Louis Jean, 1864—1948）是法国的一对兄弟，是电影和电影放映机的发明人。兄弟俩改造了美国发明家爱迪生所创造的"西洋镜"，将其活动影像借由投影而放大，让更多人能够同时观赏。

"故事到底讲的是什么呢？"凯厄斯好奇地问道。

"哪有什么故事！"她好奇地盯着他说，"就是一个镜头而已啊。"

"你是说整个故事就只有一个镜头吗？"

"凯厄斯，他们就拍了这个镜头。"她翻着白眼说。

"是啊。"亨利证实道，"兄弟俩开始还以为他们的发明不会引人注意呢。"

"如果那个魔术师不为电影编排故事，只是在里面加入魔术表演，那电影真的会完蛋。光是看着一个镜头又有什么意思呢？"

"没错。"凯厄斯高兴地说，"这样的电影才有意义。你们打算看哪部影片？"

"呃，"查理的朋友看着柱子上悬挂的海报说，"乔治·梅里埃①。"

"不，你这个傻瓜，"查理生气地说，"这是刚才我说的那个魔术师的名字。"

"我怎么知道？他的名字是用那么大的字写的，我还以为是电影名呢。"

"其实你也没说错。"查理大声说，"他的名字也可以算是电影名。毕竟，导演、编剧、制片都由他一个人包了，电影里的魔术特效也是他弄的，更何况主角也是他呢！"

"都是他一个人啊？天哪！"凯厄斯目瞪口呆地说，"我以为我们要去看真正的电影呢！"

"很好看的！"玛丽看着海报激动地说。

"什么？"凯厄斯不解地说。

---

①乔治·梅里埃(1861—1938)，原是喜剧演员、戏剧导演、魔术师、摄影师，后从事电影。他是世界电影导演第一人，创造了快动作、慢动作、停机再拍、叠印、淡出、淡入等特技摄影。代表作有《圣女贞德》《地狱的土风舞》《音乐狂》《仙女国》。

"他们拍摄的电影是根据儒勒·加布里埃尔·凡尔纳[①]那本《从地球到月球》和赫伯特·乔治·威尔斯[②]写的《登月先锋》改编的。他的书我都看过。可惜他已经死了。"

"谁死了,你是说威尔斯吗?"凯厄斯问道。

"不是,我说的是凡尔纳。威尔斯活得好好的,仍在写作呢。"

"那他们拍这部电影肯定是在纪念他。"查理推测道。

"是的,可能是这样的吧。"玛丽伤心地说,"他去世才一个月。噢,我真的非常喜欢根据他的小说拍的电影《地心之旅》,那可是我最喜欢的一部电影。"

"很快就轮到我们了。"查理看着一个试图维持队伍秩序的人说,"你们想看吗?"

"我没钱。"凯厄斯在口袋里翻找了一会儿说。

"你用不着给钱。"玛丽莫名其妙地看着他说,"什么时候看电影也需要钱了?"

"现在就需要钱了。"查理说,"除了要付钱以外,这部片子只有十三分钟。"

"这么短啊?"玛丽吃了一惊,"人们怎么会去看这种既要付钱、时间又短的影片啊?"

"我们去瞧瞧电影好不好看。"查理说,这会儿,他仍然老老实实地站在队伍里,"你们到底去不去?"

"既然是根据凡尔纳的小说拍的影片,我还是去吧。凯厄斯,跟我们一

[①] 儒勒·加布里埃尔·凡尔纳(1828—1905),法国小说家、博物学家、科普作家,现代科幻小说的重要开创者之一。他以其大量著作和突出贡献,被誉为"科幻小说之父"。代表作有《地心游记》《八十天环游地球》《海底两万里》等。

[②] 赫伯特·乔治·威尔斯(1866—1946),英国著名小说家,尤以科幻小说创作闻名于世。1895年出版《时间机器》一举成名,随后又发表了《莫洛博士岛》《隐身人》《星际战争》等多部科幻小说。

起去。我借你钱。"

他们四个坐在电影院的第四排,里面只有墙上有灯,光线有些昏暗,他们耐心地等着放映员准备小卷盘。等他准备好的时候,两名男子叫观众安静下来,电影这就开始了。

观众怀着敬畏的心态看着这部黑白片。电影里先出现了一个发射体,然后一枚巨大的炮弹被射了出来,炮弹里面装有一位教授和他领导的五位科学家。而那个教授则是梅里埃本人扮演的,他穿着西服,戴着一顶大礼帽。炮弹"嗖"的一下穿过了太空。成功登月的六名天文学家精疲力竭地在月球表面沉沉地睡去,而最后一场寒冷的降雪唤醒了他们。他们赶紧躲藏到地洞中,却不慎用雨伞惊扰了不太友好的月球人,于是一场慌乱的冒险开始了。有个坏蛋发现他们陷入困境后,将飞船从月球边缘推了下去。飞船飘浮在太空中,朝地球落去,掉进了大西洋里。最后,这些探险家被救了,被人们当成了伟大的英雄。

作为史上第一部科幻片,它的特效让凯厄斯忍不住哈哈大笑——飞船是用木板做的,刚一登月,就扎进了一个"月球人"的眼睛里!

"我喜欢这部电影。"电影结束的时候,凯厄斯说,"电影里有个人用伞敲碎透明石膏的桥段实在太棒了!"

"我也挺喜欢的。"他的朋友看着空荡荡的银幕同意道,"简直太神奇了!我以前从没看过这样的东西。"

"噢,你也用不着把它吹上天了。"玛丽起身咕哝道,"书比这好看多了,电影根本没得比。电影里演得一点儿也不真实!"

"对我来说,重要的并不是真不真实,而是我能从中学到东西,就像我的梦想就在我眼前实现了。"查理反驳道,仍然沉浸在刚才的电影里。

"你要不要跟我们一起走?"凯厄斯低头看着他这个对电影痴迷的朋友说。

"我要反复观看这部影片。尽管时间这么短，但电影的容量真是太大了。我也想演这样的电影……不对，我的目标不限于此。我还想做编剧、导演，反正跟电影有关的我都喜欢。"

"什么情况？"一个光头男子朝查理走过来的时候问道，"你没事儿吧，小伙子？"

"没事儿啊。"查理从嗓子眼儿挤出几个字，仍然一动不动地坐在那里。

"那你为什么不站起来？"

"我还想再看一遍。"

"呵呵，"光头男子摸着他那长长的胡须，热情地说，"看来又多了一个演员，我没猜错吧？"

"没错。"查理生气地说，仍然没有挪动半步，"我想跟梅里埃谈谈，我想去他的电影公司工作。"

"你们这些演员真是太滑头了，"男人点点头说，"这部电影在三年前拍摄的时候，没有一个知名的演员想演。他们说在电影里表演不如在剧院，所以我们只能用杂技演员和舞厅的歌手……现在，你们这些演员发现拍电影比在剧院表演赚钱更多，就不惜挤破脑袋想来演了，不是吗？"

"演电影能赚多少钱啊？"玛丽眯缝着眼睛看着男子，好奇地问道。

"大概 6000 法郎吧。"那人微笑着答道。

"天哪！"亨利倒吸了一口凉气，一屁股坐了下来，"我挣的还不到拍电影的一半呢。"

"现在，谁也甭想阻止我拍电影了！"查理说，他突然站了起来，"我想跟梅里埃谈谈……你知道在哪儿能找到他吗？"

"算了吧，小伙子。现在，乔治-梅里埃明星电影公司的办公室里挤满了演员，他们都想为公司拍电影。"

"可我不只是演员。"查理没有死心，"我还是个杂技演员，我会跳舞、唱歌、表演默剧，我还能……"

"你就死了这条心吧，"男人叹气道，看着查理的样子，将手搭在了他的肩膀上，"梅里埃现在可没兴趣去找明星。他的头都大了。"

"为什么？"查理问道。

男人由衷地笑了笑，说："呵呵，看来你还不知道吧？在美国，每天都有许多盗版片被发往世界各地，那些混蛋甚至连海报都盗用了。"

"不是吧！"凯厄斯惊讶地说，"现在就有盗版了。那他肯定损失了不少钱……"

"如果这种局面继续下去，"男人沮丧地看着他们，然后摸了摸他那闪亮的光头，继续说，"我担心他很快就会破产。"

"走吧，查理。"亨利拉着他的胳膊建议道，"你就死心吧，我们走。"

"不，我得留下。"他固执地说，再次坐了下来，"我想多看几遍。"

"那我们走吧。"玛丽挽着凯厄斯的胳膊说，"现在太晚了，我妈肯定会担心我的。"

三个伙伴留下了被电影迷得神魂颠倒的查理，走了出去。

光头男也离开了查理，朝放映机和那个正为下一场电影准备卷盘的男孩走去。

"出什么事儿了，先生，有问题吗？"

"没有，鲍里斯，我真想告诉坐在那边的那个演员现实有多残酷。"

"现实？"放映员笑道，"你说得没错，梅里埃先生！"

第八章 笔记偷盗案

"看看几点了！"杜宾夫人看到凯厄斯从前门走进来的时候大声说，"你都去哪儿了？"

"怎么啦，出什么事儿了？"他一脸无辜地说，"你为什么这么大反应啊？"

"你答应我今天早些回来的。答应过的事儿这么不算数啊？"

"可是这样有什么问题吗？"凯厄斯被她的反应搞糊涂了。

"你，凯厄斯，问题就在于你。"她夸张地挥了挥胳膊，大声喊道，"你去哪儿了？都干了些什么？"

"杜宾夫人，"一个有着一头浅灰色头发的高雅女人温柔地说道，"没必要太担心了。你也瞧见了，孩子也没有出什么意外。"

"我不管，"她哭着说，"凯厄斯，你到底去哪儿了？"

"我什么也没做！"凯厄斯说，他被杜宾夫人吓到了，"我只是出去走了走，顺便跟一帮朋友聊了聊。"

"跟谁啊？"她喊道，情绪有些失控，"你到底跟谁聊天了？"

"怎么了啊！"他生气地喊道，"你这样子真像我妈！"

"你们就不能安静一会儿吗？"楼梯顶上的一个男人打断他们的话，那人穿着一件长长的睡衣,"你们也太吵了。"

"没什么,莫德凯教授,"那位气质高雅的女士说,"如果我们吵醒你了,真是抱歉。"

"我需要安静。"他把手放在头上大声说,"天哪,你们这么吵我怎么写得出浪漫的小说?"

"别担心,"那位女士向他保证道,"从现在起,这里保证不会再有争吵了。我说得对吗,杜宾夫人?"

"可是,这事儿他做得就不对!我已经交代凯厄斯了……"这时杜宾夫人突然意识到自己的行为太过火了,深吸了一口气,定了定神,放低了声音说,"对不起,米勒夫人,你说得很对。真抱歉给各位造成这么多不便。"她转身看着凯厄斯说,"凯厄斯,你下次可别这样了。"

杜宾夫人慢慢离开了门厅,其他客人都睡眼蒙眬地看着她,就连阿尔伯特也被吵醒了。

"我来巴黎就是希望安静地工作,没想到这么吵!"莫德凯教授说。

"真是太巧了!"阿尔伯特对教授说,"我来巴黎也是想把工作做好。"

莫德凯教授气冲冲地回到房间。阿尔伯特这会儿仍然糊里糊涂的,不小心撞到了站在身后的马琳。

"这个假装瑞士人的德国人真是没礼貌!"马琳下楼梯的时候抱怨道,"他只关心自己。真是没良心!真该教训教训他!"

"亲爱的,"那位高雅的女士将手放在玛丽的肩膀上说,她赞许地朝马琳点点头,"我们还是回房间吧。"

原来她是玛丽的妈妈啊!她冲凯厄斯淡淡地笑了笑:"孩子,别为杜宾夫人不开心,她是因为关心你,只不过表现得有些夸张了。等到明天,你就会忘记今天这段不开心的事啦!晚安。"

"晚安,凯厄斯。"玛丽小声说,随即跟妈妈上楼了。

硬板床和那床破毯子早已不会再困扰凯厄斯，他已经两个晚上没睡个好觉了，尽管还是老想起那桩可怕的谋杀案，但他还是沉沉地睡着了。

也不知道过了多久，凯厄斯开始做梦。他梦见在布满相对论思想的图画中穿梭，然后在一个黑白色的场景中飞向了月球。一眨眼的工夫，他就从银河的一头飞到了另一头，紧接着他跳过一个巨大的黑洞，那黑洞把周围的一切都吞噬了……那个梦真是太奇特了！

"小偷！抓小偷！我的东西被偷了！"阿尔伯特光着脚丫在走廊里跑来跑去地喊着。

"出什么事儿了？"玛丽关切地问道。

"什么时候才能消停一会儿？"莫德凯教授咆哮着冲出房间，"这次又出什么乱子了？"

"有人把我的笔记全偷走了……"阿尔伯特咕哝道，越发不安了。

"现在怎么办？我现在可怎么办呀？没有了那些笔记，我写的理论也全都没了，我的记性很差……都怪我喝酒了……之前我的脑子特别清楚，思路也很清晰。"

"你那该死的理论到底是什么？"莫德凯生气地说。

"我的理论！"阿尔伯特继续走来走去，"我还没想好名字呢，我不知道应该叫它'等值理论'呢，还是叫它'恒定理论'，又或者应该叫'相对论'。"

"相信我，'相对论'会流行的。"凯厄斯建议道。

"可现在还有什么用啊？"阿尔伯特绝望地说，"我不得不放弃了，这个理论本来会成为我在杂志上发表的最好的论文。"

"什么杂志？"一个客人扶正鼻梁上的眼镜问道。

"德国科学杂志《物理学年鉴》。"

"哎呀！"那人不由得对阿尔伯特刮目相看，"那可是该领域最出色的杂志。他们从没登过我的论文。你怎么能在那上面发表文章？"

"小偷真是太可恶了！"布兰奇夫人看到阿尔伯特的房间后说，"他把房间弄得也太乱了！"

"不是的，夫人。"阿尔伯特摸着她的胳膊说，"房间本来就是这个样子的。"

"你什么时候发现笔记本不见的？"玛丽从一个肤色浅黑的女人后面走出来说。

"大约半个小时前吧。"

"那你是什么时候睡觉的？"

"我想想……马琳！"阿尔伯特对厨娘喊道。

"是的，先生。"她整了整睡衣回答道，又将那顶白色的软帽整了整，想把长辫子遮盖起来。

"你记得几点在厨房倒茶给我喝的吗？"

"应该是午夜左右，先生。"她一本正经地说。

"这样的话，"阿尔伯特激动地打了个手势，"如果我是半个小时前醒来的，那我应该是凌晨四点钟左右睡的，因为我工作的时候一般很少睡觉。"

"那你也就睡了一个半小时，你的笔记本也是在这一个半小时之内丢的。"玛丽推断道。

"我不明白别人是怎么进入我的房间的。窗户和门都是锁上的。"

"你不会梦游吧？"玛丽问道。

"我从来没梦游过。"阿尔伯特说，他感觉既惊讶又困惑，"这不可能。"

"但只有这一种解释啊。"玛丽看着房间说，"一旦所有可能因素被排除，即便最后剩下的看起来不大可能，也必定是真相。"

"你是说我偷了自己的笔记！"阿尔伯特难以置信地说，"那我要怎样做才能把那些文件找回来呢？"他绝望地看了看四周。

"你就不能重新写下来吗？"凯厄斯问。

"我的记忆力很差,时间过得越久,越记不住东西,重新写下来的话肯定会漏掉很多东西。"他悲哀地说,"我一个人没办法把笔记重新记录下来。"

"别担心,阿尔伯特,"玛丽安慰他道,"我会调查的,不管笔记是如何失踪的,请你相信我,我一定会尽力帮你找回来。"

"我真是没用,我的记忆力怎么这么差呢?"

"凡事都应该往好的方面看。"一名被混乱吸引来的客人说,"这样,先生每次听到相同的笑话都会笑的。"

第九章 惊人的派对

大清早就碰上有人吵吵闹闹，想到还要赶着把活干完，凯厄斯心中觉得有些郁闷。杜宾夫人上次担心得有点过头，现在总算好些了，又派凯厄斯去帮她送别的东西了。这次，凯厄斯要去巴黎北站附近的蒙马特公墓。和上次一样，这次他还是要去送一个黄色的包裹，而且又得等一个宗教人士亲自出来接收。

这次跑腿耗费了整个上午。任务完成后，凯厄斯总算松了口气，想趁午餐时间去寄宿旅馆一趟。走到半道，凯厄斯心里觉得不安，便改变了主意，朝犯罪现场——巴黎北站走去。他想："没准儿我的运气不错，能在那里找到线索，这样就用不着等到明天跟玛丽和查理一起去那儿了。"他到达车站，径直去了候车区。让他感到惊讶的是，他发现阿尔伯特正入神地在那里看着火车。

"是你啊！"凯厄斯看到他的朋友打了声招呼，"你来这里干什么？"

阿尔伯特还是穿着之前那身衣服，胡子也没刮。"我也不知道。"他回答道，眼神有些迷离，"我就是在城里转转，看能不能理清乱七八糟的思绪，不过，我可能走得太远了，也不记得回去的路了，便寻思着火车应该可以作为参照物。"

"你什么意思？"凯厄斯发现阿尔伯特心情烦乱,慢慢地领着他走过月台,"跟我来,我告诉你怎么走。"

"我的记忆力真是太差了,"阿尔伯特咕哝道,"其实我最应该记起的是我的理论,这样我就可以检查之前的运算了。"

"别担心。"凯厄斯想说些让他开心的话,"如果你愿意,等回到寄宿旅馆后,昨天的谈话我能记得多少就都告诉你。走吧！"

他们进入寄宿旅馆的时候,布兰奇夫人指着餐厅,让阿尔伯特自己去那里吃饭。

"那我呢？"凯厄斯抱怨道。

"小子,你去厨房,那才是你该待的地方。"

"可是……"

"快去,要不一点吃的东西都没有了。"

凯厄斯不想跟她吵。他肚子饿得叫个不停,得马上吃点东西才行。他经过客厅的时候,听见有人在一边弹钢琴、一边唱法语歌。音乐很动听,他不由得朝那个方向看去,结果意外地发现坐在钢琴旁边的竟是玛丽。

"别啊。"凯厄斯抬起手请求道,"别停,很好听。"

"你真好。"她微笑着将手放在大腿上,"我还得多多练习。"

"我可不这么认为,亲爱的。"斯泰因进入房间的时候说,"我觉得挺不错的。"

"哦,"玛丽红着脸说,"谢谢,斯泰因夫人。"

"嘿,亲爱的,你叫我格蒂就行了,"她亲切地笑道,"玛丽,今晚去参加我的派对好吗？"

"派对？"她从凳子上起身,兴奋地说,"我喜欢！"

"那就这么说定了。别担心,我记着呢,我会告诉你时间、地点的啦！"她笑道,"你可以跟雅各布一起来。他对我住的地方了如指掌。"

"格蒂,我……我。"玛丽的脸又红了,"我能跟我妈妈一同去吗?"

"噢,对啊,当然可以!我知道英国女人比法国女人更自由一些。英国女人跟男人一起走路、坐车都可以,但要是去参加派对,那就绝对不行了。你显然来自家教不错的家庭。"她看着凯厄斯说,发现他有些伤心,"凯厄斯,开心点。你也被邀请了。"

"太好了!"他兴奋地说,"我终于可以找点乐子了!"

"忘了告诉你,杜尔走了。不过,看着我的表弟被你们欺负也挺有意思的。对了,把你们的那个演员朋友也叫来。我挺喜欢他的。虽然说不上来为什么,但我总觉得他将来会出人头地。"她转身准备离开,"我去找阿尔伯特,看他去不去。他的理论我也挺喜欢的。可惜我那天喝了酒,有些谈话没记住。"

"他正在房间里吃午餐呢。"

"谢谢。"斯泰因说着离开了房间。

玛丽走来走去,开心地自言自语,嘀咕着派对要穿什么衣服。凯厄斯乐滋滋地看着这一幕。

"凯厄斯,我想谢谢你。"阿尔伯特忽然冲进房间,大声说,"我们从车站回来的聊天很有启发意义。你都不知道你帮了我多大的忙。我现在可以继续研究我的理论了。"

"你不去参加派对吗?"

"你说格蒂的派对啊?噢,我当然不去了。"阿尔伯特吃惊地说,"我跟我拍档的派对要有意思得多。"

"什么拍档?"凯厄斯问。

"'高尚'和'宁静'在房间里等我呢。"

凯厄斯开心地笑起来,看着阿尔伯特上了楼。当他回过神来,发现玛丽正气鼓鼓地看着他。

"你去过车站!"玛丽将手叉在腰上问道。

"我知道我们本来打算明天早上去,但我觉得今天也许能找到什么线索就先去了,不行吗?"凯厄斯努力地解释。

玛丽继续盯着他,显然不大同意他的做法。

"你不会因为这个生我的气吧?"凯厄斯不知所措地说。

"不会的,凯厄斯。"玛丽慢慢回答道,凯厄斯松了一口气,"我应该想到你会去那儿。你做什么都这么心急……你找到有价值的线索了吗?"

"没有。"他看起来有些失望,咕哝道,"我得带阿尔伯特回家。他迷路了。"

"很好。"她挽起他的胳膊说,"明天我们有一整天时间去琢磨那件案子,但今天我们该好好地去参加派对。"

晚上七点多钟,雅各布、查理和凯厄斯仍在画室里,他们正在钢琴前面等玛丽和她的妈妈下来。

"你真漂亮!"看到玛丽走下楼梯,三人同时惊呼道。玛丽穿着一件颜色亮丽的绸缎裙,右边肩膀上别着一朵玫瑰花蕾的装饰。她将头发绑在头顶,而绑在后面的大卷发中总有几缕不听话的红头发时不时掉到腰间,但却显得更加自然、动人。

人群走过巴黎灯火辉煌的街道时,巴勃罗和费尔南德来了,他们很是开心。不一会儿,他们到达花园街 27 号——斯泰因举办派对的地方时,凯厄斯兴奋地跳了起来。这里太热闹了,在很远的地方,就能听见派对里传出的美妙音乐声了。

斯泰因立即到门口接待客人,还把他们介绍给了站在她旁边的兄弟里昂。里昂又把凯厄斯、查理和玛丽介绍给了其他客人,他们大多是艺术评论家、作家、演员、雕刻家和画家。细心的主人还带他们在房子里转了转,看看各自感兴趣的地方,让他们有种宾至如归的感觉。

[时间旅行者]系列

房子里有许多贴了不同标签的葡萄酒,还有一些颇具异国情调的果汁,客人们围在一起讨论着这些从前没见过的饮品。会客室的长桌子上满满当当地放着一个个银色大浅盘,里面装满了鱼子酱、虾仁开胃菜、奶酪、大马哈鱼鱼卷和各种甜品。一切准备就绪,服务生端着盘子在客厅里穿梭着,就像是在跳着华尔兹舞曲。所有人的手里都不是空着,不是拿着食物就是端着酒杯。当然,还有些女人穿着令人痛苦的紧身内衣,只得在一旁"饱饱眼福"了。

房间中最舒适的地方,是被这里的常客称为"沙龙"的角落。沙龙的每个角落都透着一股艺术气息,墙上贴了不少知名画家的油画,也有一些不怎么出名的画家,如马蒂斯、布拉克……

巴勃罗站在莫奈①的一张画作旁边,那幅画紧挨着他自己的作品,那也是格蒂最近从他那里购买的。他不由自主地欣赏起了莫奈的那幅画。画中背景并无云彩,意味着永恒和不朽。树闪着金光,让欣赏画作的人会将注意力不由自主地放在广袤的浅蓝色水底。但是画家的注意力却在远处坐在船上的女人身上,画中的人物变成了小点,而河边的树则构成了画作边缘。波光粼粼的池塘溢满了水,跟画中的景色浑然一体。

"像莫奈这样的印象派画家比任何人都清楚,他们不是用眼睛而是用心灵去感悟现实世界。从他们的画中,我们只能得到一个现实的印象。空间是无限的,无边无际,看待事物的视角与我们在几何学中学到的完全迥异。两点之间的最短距离不是直线,事实上,弯曲的空间就像一张折好的纸,两点会相交在一起。好比从不同的视角看着一张脸,视角同时相交在了一起。"

"相当于脸也折了起来,"凯厄斯看起来有些失神,"同样的道理,不用

---

①克劳德·莫奈(1840—1926),法国画家,印象派代表人物和创始人之一。他是法国最重要的画家之一,印象派的理论和实践大部分都经他推广,他擅长光与影的实验与表现技法。

离开某个地方,只需把空间折起来就能进行时空旅行了。所以,即使你不用围着脸转,也能看到那张脸的每个角度。这个理论太适用了!我现在理解这种风格的画了!哇,真是豁然开朗!"

"我进入了一个新纪元,"巴勃罗激动地说,"我终于从传统的视角解脱出来,寻找一种新的第三维度。我再也不用从单一的角度观察这个世界了,从现在起我要重新创造一个全新的世界。我的画作不再局限于如何看待这个世界,而是要展示我们对这个世界的了解。"

"先把事实弄清楚,然后你就可以随心所欲地扭曲它们。"格蒂建议道。

"这是马克·吐温说的。"玛丽兴奋地说,"你也喜欢看他的书吗?"

"噢,是啊!"格蒂答道,对玛丽的好感又增添了几分,"他是对我的写作影响最深的人之一。"

于是,两人一起探讨起了最喜欢的马克·吐温的作品《哈克贝利·费恩历险记》,巴勃罗则看着塞尚[①]的一幅画,陷入了深深的沉思中。画中的模特无论从哪个角度看都是一尊扭曲的丘比特小雕塑,这尊故意扭曲的雕塑吸引了他的注意力,像是刻意在一刹那展示雕像的不同姿态。

"没有时间的空间……"画家小声嘀咕着,记起了他在画室跟阿尔伯特的讨论,"是没有可能创造一个瞬时存在的雕塑的。我可以用长度、宽度和厚度,也就是用三维空间画出一尊小雕塑。我甚至可以让雕塑变得扭曲。不过,没有时间,雕塑并不存在。要画出瞬时存在的雕塑,把几何图形呈现出来,我们就必须把时间当成第四维度!时空……时间都必须在画作中呈现出来。"

"我很欣赏把时间当成第四维度的做法。"一个穿西服的男子说,他正饶有兴趣地看着那幅画,"安德烈刚跟我说起物理学中新的时空透视

[①]保罗·塞尚(1839—1906),法国著名画家,是后期印象派的主将。他对物体体积感的追求和表现,为"立体派"开启了思路,他还很重视色彩视觉的真实性。

法……对了,这个观点是谁提出来的?是莫里斯吗?"

"嗯,呃。"巴勃罗只是哼哼两声,入神地看着画作的细节。

"我想也是吧。他总是反对古典。我相信像塞尚这样的画家已经采用这种新画法了。有时候我在想……如果画家能在同一时间把他看到的事物都描绘出来,为什么作者不能这么做呢?"

"没错,阿波利奈尔。"斯泰因也支持他的观点,"我昨天跟安德烈就讨论过这事儿……我们为什么在叙述某个观点、讲述某件事情的时候,还要担心开场、中间和结尾呢?"

"没错,格蒂。我明白你的意思。"她的朋友一边说,一边朝画作走近,"我也觉得这种做法需要做出改变。我不仅仅是站在诗人的角度说这番话,更重要的是,对新的艺术创作形式提出更加自由、更加真实的评判。我们必须将构思出来的想法描述出来。跟塞尚这样的画家一样,他看到的不仅仅是脸的正面,他知道脸还有侧面和背面。为了把脸的真实一面展现出来,他将脸扭曲了,而这种做法也把画作的精髓表达出来了。画家并非是把自己看到的事物呈现出来,而是把他内心的想法表达出来了。其实思想是由,是由……"他一时忘词了。

"我懂你的意思!"她热情地说,"我们不仅必须把对话、记忆、想法,甚至描述组合起来,还得把那些脑海中灵光一现的想法黏合起来。我们要创造一种新的写作方法,将内心的思想表达出来;语言本身必须充满力量,叙事方式要能包罗现在我们的三维思想中的所有事情。写作的时候必须更加忠实,思考问题的时候也不能按照线性的方法。我们是通过记忆将我们所知道的与所看到的联系起来,这就构成了我们的思想。因此,我们必须利用这种新的文学方式打破文学作品中的'前、中、后'顺序。不管什么时候,我们都需告诉人们我们思在当下,但是,过去的记忆有时会重新涌现……有时候会与我们的幻想产生共鸣……这一秒我们想到的是现在,下一秒我们

又去到过去……眨眼之间,我们可以去到任何地方,去到任何时代。"

"如果我们的思想可以瞬间穿梭时空,"那位评论家说,"没错,亲爱的,我们必须创造一种跨越时空的叙事方式,这点毫无疑问。"

"塞尚的这幅画作,"斯泰因显然被这幅画迷住了,"正好给了我灵感,我可以写本新书了。"

"脑海中生成某个想法的时候,却很难为自己所用。"玛丽叹气道,"倘若我们不能在第一时间想起,第一时间记下来,将来可能永远都记不起了。"

巴勃罗的注意力突然放在壁炉上方塞尚的画作上,这也是整个房间最珍贵的一幅画。他仰慕地看着画中坐在扶手椅上的女人,然后转身看着斯泰因:"格蒂,我想创作新的作品。塞尚的这幅画……对了,格蒂,我要为你画幅肖像,明天就开始。不,不,从今天开始。"

"亲爱的巴勃罗,你做什么都让人出乎意外,不愧是艺术家。"她热情地冲巴勃罗笑道。

巴勃罗正入神地盯着戴着一张扭曲面具的小雕塑:"我肯定你会喜欢我为你画的肖像画。这个面具你是从哪里弄来的?"

"哦,是马蒂斯送给我的礼物,是一个原始非洲面具。"

"他从哪里弄来的?"巴勃罗继续问道。他眯缝着眼睛,眼神有几分怀疑,又有几分好奇。

"他告诉我是从国外的一个古董店买的。"

巴勃罗盯着那个面具,面具的脸扭曲着,嘴唇厚实,眼神呆滞。

"他一直在创作黑人艺术。"斯泰因继续说。

"他还有这个吗?"

"我不知道。"她说,朝一名刚刚进入沙龙的客人招了招手。

"他还有,对吗?"

[时间旅行者系列]

"呃,马蒂斯的太太这个礼拜邀请我去他们家吃午饭,说是去那里尝尝著名的佩皮尼昂野兔。到时候我问问他还有没有这种面具吧。"

"太好了!对了,我想给这个面具画几幅素描,你介意吗?我能把面具拿到楼上去吗?"

"现在吗?"

他翻了翻白眼,不耐烦地叹了口气:"我现在就需要。我要是看上什么东西,都会毫不犹豫地问人家要的。"他满是期望地看着小雕塑解释道,"别忘了,我今天还得帮你作画呢。"他很快拿起面具,噔噔地上了楼。

"呃。"阿波利奈尔清了清嗓子说,"就像德加①经常说的那样,作画跟犯罪一样,需要一定的技巧,还需要耍些手段。"

大家都玩得十分尽兴,斯泰因站在客厅中央的钢琴前面,让音乐停下来,叫大家都往这边看。

"亲爱的朋友们,"她说,"你们也知道,每次看到你们光临寒舍,我都非常开心。我不仅会给大家呈上用爱心烹饪的晚餐,还会利用这样的场合,鼓励艺术家进行表演。因为有些艺术家没有机会让大伙儿了解他们的天赋。今天,我希望大家都能支持你们当中一位才华横溢、但并不怎么出名的艺术家,让她有机会把自己的才华展现出来。她还有点儿害羞,不过,我相信只要大家给她掌声,她就会摆脱拘谨,自在地表演一番。玛丽小姐,"她说,观众们兴奋地鼓起了掌,"请接受我们最诚挚的邀请。"

面对观众的掌声,玛丽完全震惊了,一时不知道该怎么做才好。她的脸涨得通红,牙关不由自主地打战。她的整个身体只想逃离房间,但她的妈妈和她的两个朋友鼓励她接受这个挑战。

她走向那个临时搭建的小舞台,观众们识趣地没再鼓掌了。房间里突

---

①埃德加·德加(1834—1917),印象派重要画家,代表作有《预演》《巴黎歌剧院乐队》等。

然沉寂了下来,玛丽感觉周围空荡荡的,她更加慌乱了。虽然她尽量表现得很自然,但那双颤抖的手还是出卖了她。她在钢琴旁刚坐定,一股麻木的感觉向她的整个身体袭来,像是自己被押赴到了刑场。最后,她还是鼓起勇气,把那双冰凉、汗涔涔的手放在了键盘上,她深吸了一口气,开始弹奏起来。一小会后,她再次吸了口气,唱起歌来。尽管歌声跟琴声还是合拍的,但声音绵软无力。最糟糕的是,她因为太紧张了,弹错了几个音符,唱得也磕磕巴巴的。

眼瞅着玛丽就要颜面尽失,这时,斯泰因走到她面前,轻轻地吻了一下她的前额,在她耳边细声说了几句,玛丽忙不迭地点点头。斯泰因慢慢往后退去,叫观众们再次往她这边看。

"亲爱的朋友们,不是所有才华横溢的人都习惯在聚光灯下展示自己。这个女孩似乎就是这种情况,让我们给这位艺术家鼓掌,再次感谢她把第一次宝贵的表演经历献给了我们。"

玛丽站了起来,在观众的掌声中朝她妈妈站立的地方走去。

"天哪!你看起来病得很严重。出什么事儿了,亲爱的?"米勒夫人用她那柔软、苍白的手摸着玛丽的面颊和额头,惊慌失措地问道,"你烧得很厉害。"

"没什么,妈妈。只是因为太紧张了,一会儿就好了。"玛丽轻轻地别过头去咕哝道。

"我觉得最好带她去寄宿旅馆。"凯厄斯摸着她那被汗湿的手建议道。

"我带他们去吧。"雅各布自告奋勇地说,并示意一名佣人把他们的外套拿来。

"雅各布。"巴勃罗喊道,他在费尔南德的陪同下朝他们走来,"你现在就要走了吗?"

"是啊,这位小姐需要休息一下。"

"我看她还需要多练习练习。"巴勃罗奚落道。

"别这样说,巴勃罗。"费尔南德生气地说,"别这么残忍。"

"她马上会好的,"巴勃罗说,"她很坚强。她只不过需要接受艺术很残忍的事实,残忍的可不是我。小姐,你将来一定会发现只有厚着脸皮才能驯服心中的恐惧。只有等到那时候,你的天赋才会真正绽放。"

"噢,闭嘴,你就别说她了。"费尔南德一边说,一边将巴勃罗从玛丽身边拉开,"如果你不知道如何帮她,就待在这儿。"她走到玛丽身边,牵着她的手。

"你要跟她一起去吗?"巴勃罗轻蔑地说。

"不行啊?"费尔南德扬了扬眉毛说。

"那好吧。"他说着把一大沓纸交给她,"等你回家的时候把这些放在一个安全的地方。"

"这是什么啊?"

"这是我关于第四维度一些初步的想法。我画了一些立方体……"

"这些宝贵的素描你自己保存就好了,"她说,"你能不能关心点别人,而不是老顾着自己啊?"

费尔南德穿上外套,巴勃罗想要帮她,但她把男友的胳膊推开了。她生气地说:"离我远点,让我安静一会儿。你不用在家等我了,我坐车回寄宿旅馆时顺道去杜阿尔特那儿当模特。"

"你只管待在那里就是,"巴勃罗咆哮道,"你很快就会爬着回来求我的。"

"想都别想!除非你向我和这个可怜的女孩道歉。"

眼看着那些素描就要被吵架的小两口撕碎了,雅各布把素描拿了过来,答应巴勃罗会先放在他房间里。

这时,查理走了出来,他脸上涂着白色的颜料,眼睛周围涂着厚厚的、

煤灰一样的东西。

"玛丽，你怎么样啦？"查理摸着她滚烫的面颊问道。

"你脸上的是什么呀？"她看起来像是要打喷嚏。

"化妆品啊！"他咧嘴大笑道，"斯泰因夫人邀请我表演，但是如果你要我帮忙的话，我就不表演了，现在就跟你走。"

"噢，不用，不用，我没事儿。"她浅浅一笑，小声说，"你用不着这样。我妈妈会照顾我的。"她痛苦地抽抽鼻子，这样的举动让她妈妈和费尔南德有些担心。

"我想我还是跟你走吧。"凯厄斯皱着眉头说。

"那我也去。"查理忌妒地看着玛丽坚持道。

"你们两个就别担心了。"雅各布冷静地说，"把她交给我。费尔南德和她妈妈会照顾好她的。"他轻轻地拍了拍查理的肩膀说，"你就留下吧，不要错过机会。这里许多人都很有影响力，正好可以推你一把，这可是千载难逢的机会。"

雅各布跟玛丽的朋友说了再见，陪着三个女人往车旁走去。斯泰因已经在驾驶室里等着了。

"凯厄斯，我需要你的帮助。"查理目送他们离去后，说道。

"什么帮助？"

"我表演的时候需要一个拍档。"他说话的时候翻了翻白眼，看起来相当滑稽。

"你需要什么？"凯厄斯紧张地捋了捋头发说，"我都不知道你想演什么。"

"你不用知道，凯厄斯。你表现得越自然越好。现在，我们一起上舞台吧。"

他热情地拽着凯厄斯的胳膊，将他往人群的方向拉去。

"嘿,等等。"凯厄斯往另一个方向拽查理的手,"你是说,我要跟你一样化装吗?"

"那又怎么样?"

"没什么,没什么。只是觉得闻起来臭臭的。"他皱了皱眉毛和鼻子,又嗅了嗅。

"呃,对了,"查理摸了摸自己的脸,看着手上的脏东西说,"下次我得用好一点的化妆品,就不会这么臭了。我最好能把脸给洗干净,啊,我有个更好的主意。"

这会儿,客人们正在宽敞的客厅伴随着乐队的演奏翩翩起舞。有些人则三五成群,正激烈地交谈着什么。

两个男孩站在入口处,一名管家朝他们走过来,立即帮他们脱下外套。可留着一小撮黑胡子的男孩似乎喝醉了,认为管家试图打劫他们,便和管家扭打成一团,想把外套夺回来。房间角落里站着的几个年轻女子看到了这一幕,开始窃窃私语。

不过大部分人并没有注意他们,于是两个男孩挨着一群正在演出的乐队,坐在一张桌子旁边。看起来喝醉酒的男孩示意一个仆人过来服侍他们,而另外一个则已经将餐巾纸围在了脖子上。

一名侍应很快来到桌旁,给他们每人上了一份意大利面。留着一小撮黑胡子的男孩站了起来,跟旁边桌子上的人聊上了。而那个围着餐巾纸的男孩磨磨刀叉,准备一个人开吃了。他津津有味地吃着,一口一口地吃得很慢。

这时,一名年轻女子突然出现,问独自坐在桌旁的男孩能不能坐他旁边的空椅子。男孩极有礼貌地点点头,还将椅子搬到女孩的桌旁。献完殷勤后,他回到自己的桌旁继续吃东西。可他被年轻女子的美貌吸引了,又倒着走到女孩的桌旁,却没料到那个喝醉酒的同伴已经坐在了女孩桌旁的唯一

一张椅子上。男孩只好回到自己的桌旁,懊恼地一屁股坐了下去,但谁知道椅子已经不在原地了。男孩四脚朝天地摔倒在地上,房间里所有人都哈哈大笑。

男孩觉得很尴尬,重新站了起来。他坐在另一把椅子上,瞪着那位醉醺醺的朋友,而他的朋友正旁若无人地吃着意大利面。他闭着眼睛,吃啊、吃啊,还满足地咧嘴笑了。他盘中的意面吃完了,醉酒的他竟把枝形吊灯上的装饰蛇当成意面吃了起来。不过他的这一举动只是被那些围坐在桌旁的人发现了,他们正饶有兴趣地看着两个搞笑的男孩。醉酒男孩把那些纸做的蛇吃了,还大声地打起了嗝,样子很是满足,惹得观众笑得更厉害了。

醉酒男孩用叉子剔了剔牙,站了起来,跟跟跄跄朝安德烈所在的地方走去。他做了个手势,示意要点火。安德烈从口袋里拿出了打火机,凑到男孩跟前要帮他点烟,努力忍着没有对着男孩的脸笑出来。醉酒男孩摇晃得十分厉害,就是不明白为什么歪歪斜斜的嘴巴叼着的烟老是对不准火。他不耐烦地一把抓住安德烈的手,总算把烟点着了,夸张地吐了一口烟。

这个有着一小撮胡子的喜剧演员一边走,一边扭头看着刚刚坐在桌旁那位年轻貌美的女人,根本没留意她身后醋意大发的男朋友。他干脆停了下来,想好好欣赏美女,结果一头撞在一个健壮的男人身上,摇晃着差点失去平衡。他怯生生地把手放在背后,却没有意识到他手里的烟碰到了身后的桌布,而他的朋友这会儿正在桌边浑然不觉地吃着剩下的意面。结果桌布着火了!吃东西的男孩疯狂地用空盘子扇着火,徒劳地想把火扑灭,而醉酒男孩也急得在房间里走来走去。终于,他看到了一个花瓶。他火速地将花瓶拿了出来,想用花瓶里的水浇灭桌布上的火。不料他手一滑,将水全倒在了朋友的脸上,他的朋友又气又恼地把黏糊糊的水吐了出来。

人们哄堂大笑,热烈地鼓着掌,想看更多的表演。醉酒男孩看着拍档那张湿漉漉的脸,露出懊悔的表情。他像个淘气的孩子似的坐在桌旁,用两个

[时间旅行者系列]

叉子分别叉了一个又大又软的面包卷。让所有人惊讶的是,男孩的手极为灵巧,面包卷在他的手下即兴跳起了舞步,时而是用脚尖轻轻旋转的芭蕾舞,时而是激情四射的踢踏舞。他还将他那张可爱的脸贴在两个刀叉的柄上,样子颇为滑稽。观众惊讶地看着这种新奇的表演,凯厄斯也被这种精彩的演出惊得目瞪口呆。

"请允许我向大家介绍,"斯泰因站在两名喜剧演员中间说,"凯厄斯·奇普和查理·卓别林。"

欣赏完这场惊奇的表演,人们拥了过来,热烈地鼓着掌,由衷地赞叹着,凯厄斯甚至没有机会恭喜他那个了不起的朋友。

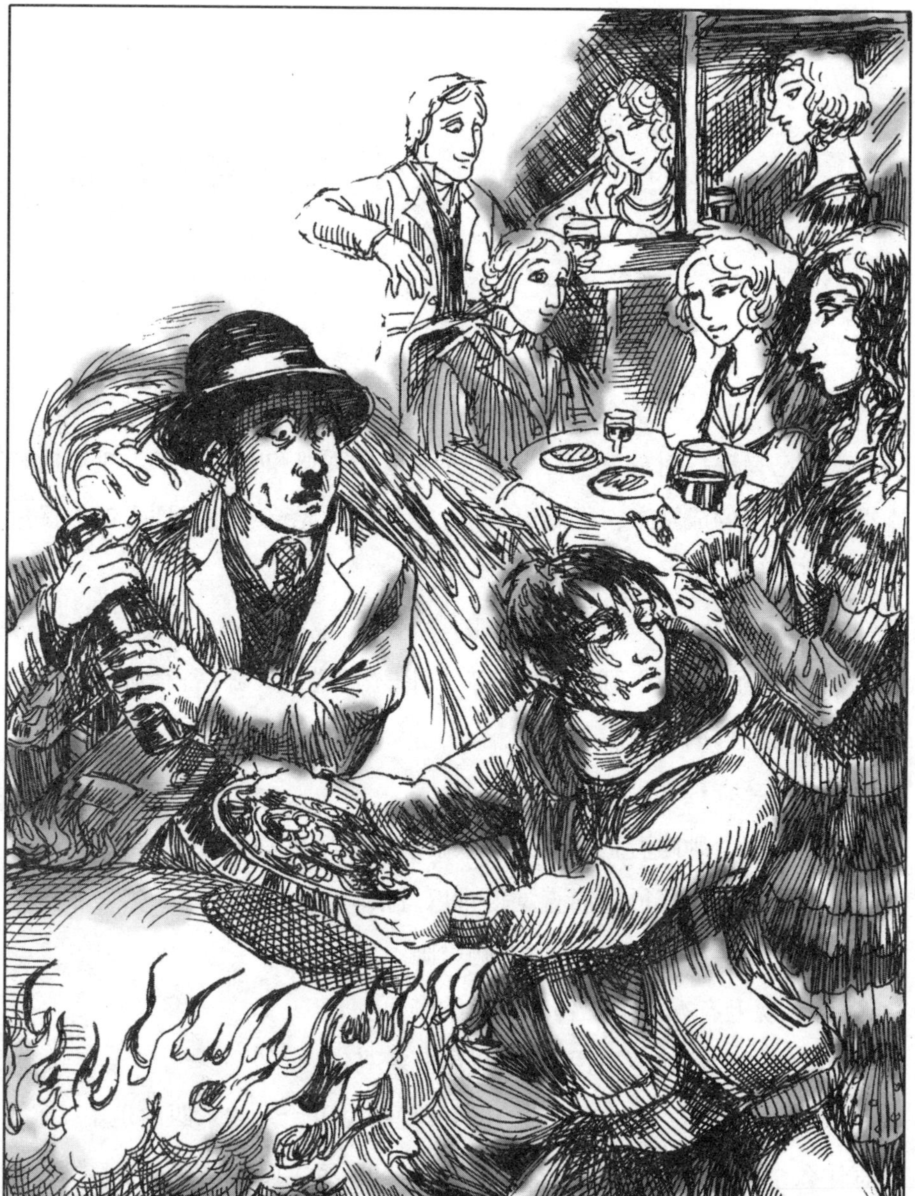

第十章 吉卜赛人的预言

现在已是深夜时分,仍有一小撮人流连在酒吧和咖啡馆中。凯厄斯和查理因为演出的成功兴奋得难以自已。他们刚晃晃悠悠地走到宾馆的接待区,就发现了骚乱。

"出什么事儿了?"凯厄斯问马琳。

"太可怕了!"她用手指半捂着嘴巴,惊恐地说,"天哪!寄宿旅馆以前从来没发生过这样的事儿。"

"什么?"查理几乎尖叫起来。

"有小偷!"她瞪着一双溜圆的眼睛说,"旅馆里有小偷。"

"你说什么?"凯厄斯简直觉得难以置信。

"我的天!"她一边说,一边在胸口画了个"十"字。

"昨天晚上有人偷了雅各布先生的东西。"

"你确定吗?"凯厄斯说,眼睛仍然盯着马琳。

"是的,凯厄斯,有人进入他的房间,把那个可怜人的东西偷走了。你猜还有什么?"她顿了顿,继续说,"偷盗发生的时候,门窗都是关好的,雅各布先生正在睡觉,对一切浑然不觉。"

"这个小偷可真不简单,"查理把双臂抱在胸前说,"看来我们要对付的

是鬼贼。"

"不可能。"凯厄斯慢慢摇摇头说,"除非那人有魔法,否则不可能进入锁着的房间,也许这跟阿尔伯特的笔记本失窃案是同样的情况呢?"

"你什么意思?"马琳问。

"玛丽觉得阿尔伯特会梦游,把自己写着理论的手稿偷了。"

"你觉得雅各布也会梦游啊?"查理强忍着没有笑出来,"这个解释不错,旅馆经常有人梦游。"

"我才不会梦游呢。"雅各布听到他们的谈话后争辩道,"我可以向你们保证我的东西真是被偷了,肯定不是我自己偷的。"

"那小偷是如何进入房间的呢?"玛丽朝人群走过来说,"门上是不是有开口或者缝隙什么的,或者至少有个小洞,外人可以将绳子伸进来,套在门闩上?"

"没有,小姐。"雅各布沮丧地说,"我已经调查过这种可能性了,而且已经证实没有别的通道。我房间倒有个通风栅,不过早就封死了。"

"我的寄宿旅馆,"布兰奇夫人紧紧扶着马琳的肩膀,伤心地抱怨道,"绝不可能发生这样的事儿。现在,旅馆的名声要臭了。先生,先生!"她指着雅各布大声责问道,"当然啦!先生可能把画稿忘在什么地方了也说不定。这是唯一的可能性。谁也不可能到我的旅馆偷窃。这个地方不可能有鸡鸣狗盗的事情发生。"

"巴勃罗的素描被偷了?"凯厄斯问。

雅各布不快地看着他:"你真是哪壶不开提哪壶!"

"我把他的素描放在桌上的文件夹里,还用一张纸盖住了,在上面标注了内容。然后我就打了个小盹儿,有一阵子感觉有些冷,我就醒来了,结果发现那张纸和文件夹都掉在了地上。我想我还是去找我的侦探朋友吧,他也许能帮我。"

[时间旅行者系列]

"你就因为掉了几张纸要报警吗?"布兰奇夫人生气地说,"报警就不用了吧,你的反应也太过了。"

"夫人,"雅各布紧张地说,"要是巴勃罗发现他的东西被偷了,我真的不知道该怎么办。要是我告诉他真相,他肯定会把我掐死。就这么决定了,我要去叫警局的托里奥普。"

"你是说把警察叫到这里来吗?"布兰奇夫人沮丧地尖叫道,"叫到我的寄宿旅馆来吗?"

"警察!"杜宾夫人尖叫着冲进门廊,她脸上涂着雪花膏,头上裹着的一条毛巾一直垂到腰间,"这到底是为什么?这样的举动也太蠢了……你怎能这么确定东西是被人偷了?你怎么知道不是你自己在梦游时把画稿拿走,放到某个地方了?"

"很简单啊,夫人,如果我真是梦游起床了,那我肯定会把睡觉时放在床边的酒杯碰倒,但这些酒是我刚才睡醒时才碰洒的,看吧!"雅各布退后一步,所有人都看到他那件皱巴巴的衬衣上的葡萄酒渍了。

人们好长时间没有说话,都试图弄明白怎么回事。凯厄斯耷拉着眼皮,头不由自主地往下点,觉得还是离开这个地方的好。他朝小休息室走去,几乎刚躺在沙发上就睡着了。

"凯厄斯,"玛丽一边喊,一边用力摇着他,"你最好赶紧回你自己的房间。要是让布兰奇夫人看见你在这里睡觉,肯定会一通大骂。"

凯厄斯没有办法,只得醒来。"见鬼!"他用手背揉了揉眼睛,生气地说,"自从我来到这个时代就没睡过一个好觉。"

"你说什么?"

"没什么,没什么。我只是累了,都不知道自己在说什么了。"他很快坐了起来,认真地看着她,"偷窃事情有结果了吗?雅各布有没有报警?"

"噢,没有。"玛丽咯咯笑道,"我跟他谈了一下,告诉他警察不会认真对

待这事儿,那些画稿没什么价值。"

"肯定有价值的。"凯厄斯说。玛丽坐到他旁边,凯厄斯继续说,"或者至少有人觉得有价值。我敢肯定这个小偷跟偷阿尔伯特的笔记本的是同一个人。"

"你为什么这么想?你那里有什么线索吗?"

"线索?"他站起来说,"别告诉我今天这事儿发生之后,你还相信阿尔伯特会梦游?"

"呃,我不知道。"她看着地板咕哝道,"我答应过阿尔伯特要帮他调查的,但是我没时间。"

"听着,玛丽,阿尔伯特跟我们说过,我们不能只依赖感官和观察,因为它们有可能引你进入迷途。我们必须通过想象和直觉破案,你不记得了吗?所以我才这么认为,这全凭我的直觉。"他颇具挑战意味地说。

"哦,是吗?"玛丽不甘示弱地说,"那你就动用你的想象力,说说这个案子的情况?"

"你知道吗?我觉得这些偷窃行为肯定是了解未来的人干的,比如时间旅行者。"

"时间旅行者?你也太荒唐了!凯厄斯!你的想象力也太丰富了吧。"玛丽吼道。

"上次的谈话你就没学到一星半点?你忘了阿尔伯特对我们说的话了?他说人们认为时间旅行不可能发生,只是因为我们并没有亲眼看到过。要是小偷知道这些笔记本非常珍贵呢?要是他知道阿尔伯特的理论将来会非常重要呢?将来他可能靠拍卖阿尔伯特理论的初稿发大财!要是巴勃罗也成名了,他的画稿也会价值连城呢!"

"你肯定产生幻觉了!"玛丽生气地站了起来,"凯厄斯,你不觉得你忘记什么了吗?"

"什么?"

"试想一下,假如你的话有一点点道理,你就没有想过未来的人会这么愚蠢吗?他们会买没有画家签名的画稿吗?比如,人们伪造达·芬奇的作品时,第一件事肯定是把画作的时代伪造出来吧。不这样做怎么当真迹卖呢?"

"没错,但是如果人们知道有时间机器,他们肯定也知道这些画稿是新的。"他坚持道。

"凯厄斯,如果未来的人有了时间机器,那时间永远都会改变了!"

"你在胡说什么?"

"比如,"玛丽重重地呼出一口气,试图冷静下来,"如果有人偷了伽利略或者牛顿的第一手稿,时间就会被改写,他们可能根本就不会被大家所知。要是时间旅行真有可能,谁知道会发生什么事儿?"

"好了,好了,好了。"凯厄斯叹了口气,一屁股坐在椅子上,把脸埋在手里。他又叹了口气,双臂垂在身体两侧:"你赢了。我不想谈论这个了。就此打住,行了吧?我觉得我到这里后真倒霉,都没好好睡过一次觉……所以我才表现得怪怪的,脑海里也充斥着乱七八糟的想法。"尽管跟朋友吵架让他有些闷闷不乐,但他还是慢慢站了起来,朝门边走去。

"你去哪儿?"玛丽不耐烦地问道。

"先离开这个吵吵闹闹的寄宿旅馆再说,找个别的地方睡觉去。"

"可是,凯厄斯,"见凯厄斯已经沿走廊而去,玛丽提高嗓门说,"别走,等等。"

经过早些时候的骚乱后,寄宿旅馆里的每个人都冷静了下来。他们渐渐地都回到自己的房间,又睡了会儿,这才起来忙活早晨的事情。

查理和玛丽在厨房里吃了早餐,然后决定去城里转一转,去看望他们那个没怎么睡觉的朋友。跟所有出色的侦探一样,玛丽建议去所有凯厄斯

可能去的地方找找。他们先去了收容所，后来又去了咖啡馆，几乎把所有地方都找遍了……

"早安，玛丽！"巴勃罗跟她打了声招呼，他打开画室的门，用毛巾擦着手。"恭喜你，年轻人，"他说着拥抱了查理，"听说你昨天的首次演出还不赖？"

"你看了吗？"

"没有，不过格蒂把所有的情况都跟我说了。两位，进来吧，别像雕塑一样站在那里。"

"我们不想打扰你。我们在找……"玛丽羞怯地说，巴勃罗不由分说领着他们进了房间。

"请进，请进，不要客气。"他坚持道，将两人往一张圆桌旁边推去，"你们要吃点什么吗？我今天做了奶酪蛋饼当早餐。如果你们喜欢，还可以吃煎土豆。虽然是昨天做的，不过味道还很鲜美。"

"凯厄斯！"玛丽喊道。此时的凯厄斯正坐在一张椅子上，头靠在墙上打瞌睡。

"玛丽！查理！"凯厄斯从椅子上跳起来喊道，"你们来这里干什么？"他现在还处于半梦半醒之间，下意识地揉了揉脸和脑袋，像猫一样伸着懒腰，嘴里嘟囔着什么。

"我们在找你。今天是礼拜天，我们准备去火车站，不过……"她突然停了下来，"你穿的是什么呀？"

凯厄斯穿着一件格子套装，将整个身体包得严严实实的。"你说我？噢，这个啊？没什么，不过看起来的确挺傻的。"他脱掉那件像小丑连体裤一样的外套，"我只是在帮巴勃罗的忙，仅此而已。"

"没错。"巴勃罗开心地证实道，"我的模特路易今天没来，我就叫凯厄斯穿上小丑的衣服，为我摆造型。"

玛丽和查理互相看了一眼，想看看谁会在这个兴高采烈的画家面前提及偷窃的事儿。

"看看这些小丑！"查理朝靠墙放着的一排画作走去，"为什么这么多啊？"

"我喜欢画马戏团的人。我最好的朋友在梅德拉诺马戏团工作。"

"我去看过一次。"查理说，"我也很想在马戏团表演。你能把我介绍给马戏团的人认识吗？"

"没问题啊，"巴勃罗开心地说，"杰罗尼莫·梅德拉诺是我的同乡。事实上，那里大部分人都是西班牙人，许多人都来自马拉加，我就是这样。过段时间还会有演出，你要跟我一起去吗？"

"去马戏团啊？"玛丽尴尬地说。

"噢，我挺喜欢去那儿的。"巴勃罗说，"我每个礼拜至少去看梅德拉诺三次。"

"那敢情好。"查理说。

"你到底去不去？马戏团的表演结束后，我们还可以去红磨坊或者狡兔酒吧。你觉得怎么样？"

"红磨坊，狡兔酒吧！"查理转了转眼珠，重复着这个地区两个最著名的歌厅，"我当然想去啦。"

"可是查理，去车站的事儿呢？"玛丽意识到两个人都没理她，也不说话了。

趁巴勃罗和查理聊天的当儿，她决定好好看看那些堆在角落里、沐浴在晨光中的画。这些画中的主角都很丑陋，且都是孤身一人，背景都是忧郁的蓝色。还有些画是以干瘦的乞丐男子或穿着黑丝袜、有着又浓又黑的眼睛的妓女为主角的。所有人物都是超现实主义风格，悲伤、忧郁的蓝色给画作增添了朦胧的色调，体现了现实生活中被边缘化的人那种未加雕琢的状态。画作中的人物异常绝望，像是想要抗议、谴责这个忽视他们的虚假社会。最后，画中人终于成了人们关注的焦点。

"我想起卡萨吉玛斯①的时候才决定用蓝色作为主色调。"巴勃罗小声说,玛丽吓得跳了起来。

"你说什么?"她问道,终于恢复正常了,"卡萨吉玛斯?"

"他是跟我一起探险的朋友,"他解释说,"他自杀的时候我整个人都崩溃了。他怎么能因为单相思饮弹自尽呢?我都抑郁了,发现周围都是悲伤的情绪……潮湿的蓝色颜料就像湿气笼罩的深渊,令人同情。这正是我作画时的情绪,但现在我已经将这些悲伤弃之一旁了,来看看我最近的作品。"巴勃罗领着她去看那些以马戏团为主题的画作。

"你现在看起来很开心,心中充满了爱。"玛丽看着桌子上情色风格的画作说,"费尔南德肯定给了你不少灵感。"

"启发我的不仅是费尔南德,还有别人。"他指着一些别的画作说,"陪伴我的还有玛德琳、玛格特……"

"我看到了。"玛丽认出是爱丽丝,也就是上次陪同莫里斯来的女孩。跟其他模特一样,她的眼睛非常迷人,有着天使般的面庞,身材苗条,裸露的身体极富诗意,长如鹅颈的脖子透着几分妩媚。也许只有真正的情人才会作出这样极富美感的画。她周围的背景透着几分伤感,但画作的中间——模特的肚子上却透着一股喜悦。

"我觉得画家作画就像写日记一样。我只会把我的感觉描绘出来。"

"我觉得日记是不能被人看的。"

"亲爱的玛丽,画只有被人看到才叫画。"

"呃,"她拿起那张画说,"我可没勇气暴露这些东西。"

"在我眼里,你说的'这些东西'是爱的精华,是两个灵魂在宇宙的相交。我相信,如果有人要我将生命的起源画出来,就算在此时此地,将我现

---

①卡洛斯·卡萨吉玛斯(1881—1901),加泰罗尼亚画家。他是巴勃罗的挚友。1901年,卡萨吉玛斯因向一位女孩求爱不成而开枪自杀。

在的激情时刻毫无保留地给他们看也未尝不可。"

"我觉得太过了。"她放下画,脸都红了。

"玛丽,我上次不是跟你说过了吗?你不能害羞。如果你想成为艺术家,就得冒险,就得更大胆。"

"我知道。"她笑着对巴勃罗说,"我还在努力。"

"太好了。如果你真的愿意,我想第一个见识全新的玛丽。"巴勃罗热情地看着她,"到时候你给我当模特。"

"你在为马戏团的人画画的时候表现得就像个孩子。"见巴勃罗在引诱玛丽,查理打断他的话说,"我在舞台上的时候也是这种感觉。"

"每个孩子都是艺术家。"巴勃罗也同意这样的说法,拿起一幅上面画有一群杂技演员的画,"问题是如何在他们长大后,让他们继续做艺术家。"

就在巴勃罗打算深入讨论的时候,有人敲门了。巴勃罗走过去开门,发现是一个满脸皱纹、穿着颜色鲜艳衣服的妇人后,他变得更加开心。女人花白的头发上裹着一条鲜红色的头巾,两只大金耳环在耳朵上晃荡着,瘦骨嶙峋的胳膊上戴着不少镯子,令整个人看起来特别有活力。

"莫甘娜,"巴勃罗说,"让我来介绍我的朋友给你认识。"

"不用了,"她说,"只要给我五角钱,我就能知道他们的身份,知道他们的未来。"

"莫甘娜夫人是我的模特,"巴勃罗解释说,"她已经一百多岁了,能够预测你们的未来。"

"你是个算命的?"玛丽问,"听起来挺有意思的。"

"有人觉得有意思,有人会觉得害怕。"这位吉卜赛女人纠正道。

尽管她说话的声音很小,却有很强的催眠效果。"今天,你会有勇气看到自己的未来。"她告诉巴勃罗。

"我本来就挺迷信的,夫人。"巴勃罗说。

"我把你的素描当成报酬。至于你的朋友,我会出个好价钱。"

"我知道我会后悔的。那就来吧!听天由命得了!把你的巫术尽管使出来。"

吉卜赛女人那双摄人心魂的眼睛死死地盯着空中,摸着巴勃罗的掌纹,用空灵的声音说着零碎的词语,编织着她的预言。

"你将来会很有钱,很出名。你会跟许多女人发生关系,会组建不少家庭。你的生活充满快乐,因为一直充满变化和新鲜感,你会在你的工作领域找到新视界……但你也会经历许多伤心的事。死亡!战争!痛苦!背叛!噢,还有十字架!"女人尖声说,"黑色的十字架,背景为红白两色!万字形!遍布世界。魔鬼的十字架。野人!他们全都是野人!鹰,落在十字架上的鹰。种下苦果的十字架!痛苦,许多痛苦!火!城市的火焰、焚烧的尸体、公牛的头、受折磨的马……女人!痛苦从她的大腿开始。宽容!宽容!覆盖着没有颜色的血的场景。①"

"天哪!"巴勃罗叹了口气,"我要经历这么多可怕的事情吗?"

"不是的。"吉卜赛女人说,这会儿她已经从恍惚中恢复过来了,"我说的是他们。"

"他们是谁啊?"

"别的我看不到了,巴勃罗。"

查理和玛丽眼睛眨也不眨地盯着这个神秘的人,凯厄斯仍在睡觉,他

---

① "黑色的十字架,背景为红白两色!万字形!"指的是德国纳粹的军旗,而后文的"公牛的头、受折磨的马……"是指巴勃罗·毕加索创作的名画《格尔尼卡》。1937年,西班牙的格尔尼卡小镇为德国法西斯空军夷为平地,毕加索闻讯后极为愤慨,就为巴黎世界博览会西班牙馆画了《格尔尼卡》这幅壁画,对法西斯暴行表示强烈抗议。此画结合立体主义、现实主义和超现实主义风格表现痛苦、受难和兽性:画中右边有一个妇女举手从着火的屋上掉下来,另一个妇女冲向画中心;左边有一个母亲与一个死孩子;地上有一名战士的尸体,他一手握剑,剑旁是一朵正在生长着的鲜花。画中央是一匹被一根长矛刺杀的老马,左边有一头举首顾盼的站着的牛,牛头与马头之间是一只举头张喙的鸟;上边右面有一只从窗口斜伸进的手臂,手中拿着一盏灯,发出强光,照耀着这个血腥的场面。全画用黑、白、灰色画成。

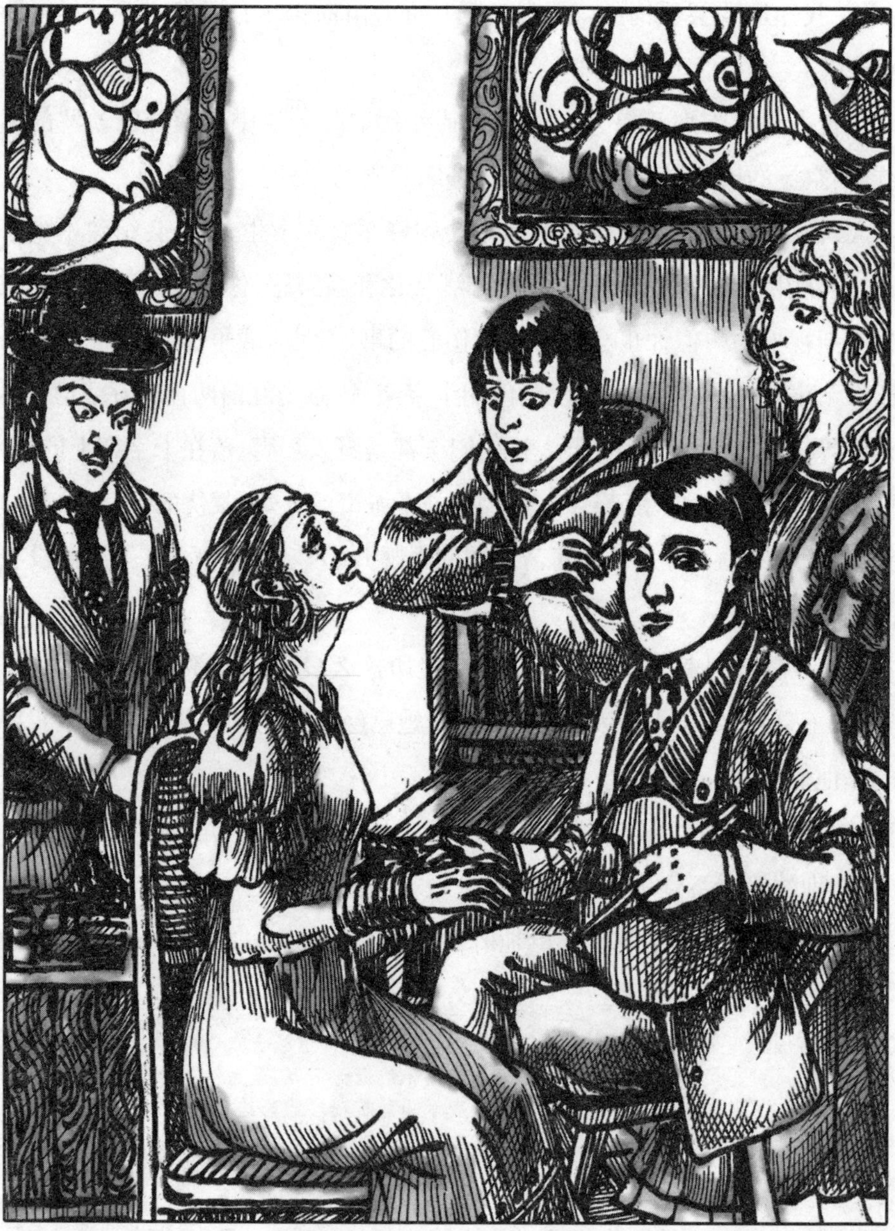

只是听了个大概。

"现在轮到我了吗？"玛丽将手在裙子上擦了擦说。

吉卜赛女人摸着玛丽那双不安的手，立即开始说话了。

"你会很有钱，也会很出名。你会嫁人，生下女儿。但你会再次结婚，嫁给一个比你小的人，他就像生活在过去年代那样古板、无趣。你会帮助许多人，但你会经历不幸。沙漠！木乃伊！谎言！时间的沙子在你手中流逝，你的手中会经历许多死亡事件，但从不会真正地流一滴血。"吉卜赛人盯着身子开始颤抖的玛丽，"你将来会用克里斯蒂作为名字。"

玛丽连忙将自己的手拿开。

"我看不见了。"吉卜赛女人嘟囔道，"我的视觉越来越模糊了。"

"下一个是谁？"玛丽咯咯笑道，神情颇为紧张，"凯厄斯，你来怎么样？"

"好啊，"查理同意道，"现在轮到你了，下一个是我。"

"好吧，"他说，眼睛甚至都没睁开，"来就来吧。"

吉卜赛女人用力揉搓着她的手，然后拿着凯厄斯的手，反转过来，看着他的掌心，很快闭上了眼睛。

"你会很有钱，会很出名。"

"那敢情好。"查理说，"看来这个房间所有的人都会有钱，都会出名。"

"别出声。"玛丽呵斥道。

吉卜赛女人继续说："你会很有钱，会……"她睁开眼睛，斜眼看着凯厄斯疲惫的脸，"你将来会很有钱，过去就很有钱了，还是现在很有钱？你到底是活在现在、活在过去还是活在将来？你这个游荡的灵魂！"她尖叫道，"伟大的人会沿着你指引的道路前进。人和人之间的各种唇枪舌剑和神灵之间的战争，都会在你的眼前流过！你！"她松开手，在胸前画了个"十"字，"你被诅咒了吗？你迷失了吗？你听见我说话了吗，孩子？"

"是的，妈妈。"凯厄斯像是被催眠了一般，小声地咕哝着，"我来了。再等几分钟就可以了。"

"好了,下一个受害者!"巴勃罗开玩笑道,拍拍手看着查理,"今天夫人似乎有些夸张。她要是继续这样,谁都不会给她一个子儿。"

"我想我还是不算了。"查理说,"听了她对凯厄斯的预言后,指不定她会怎么说我呢?"

"噢,得了吧,查理。"玛丽坚持道,"用不着这么当真。"

玛丽抓住他的手,把他领到吉卜赛女人那里,查理只得顺从。吉卜赛女人冲他狡猾地笑了笑,便开始了预言。

"你将来会很有钱,也会很出名。"

查理强忍着没有笑出声来。

"我看到笑声,很多笑声。你很伤心,会有许多新欢,但你只爱一个女人。我看到没有颜色的世界,平淡、无声,许多人都看到了。一切都是幻觉。你会成为一个伟大的独裁者,一个非常具有权势的人。但你会被驱逐。[①]不,不止这些,你会……"

查理坐直了,假装披着一件只有帝王才配得上的大披风。

吉卜赛女人将一只手放在查理的胸脯上,用严肃、威胁的语气说:"你会成为一个伟大的乞丐。[②]"

"你这个疯狂的吉卜赛女人!"查理面露愠色,从她身边连连退后,差点撞在桌子上。凯厄斯听到有人喊叫,吓了一跳,从椅子上摔下来。

"你以为说这种无聊低级的话就能吓到我了吗?我不怕你,也不怕你所谓的未来,你听见了吗?这里被诅咒的人只有你!"他生气地说。

[①]这里是指卓别林的第一部有声电影《大独裁者》。《大独裁者》是由查理·卓别林为导演,并携手宝莲·高黛主演的一部电影,于1940年首映。影片假借第二次世界大战的背景,刻画了一个企图统治全世界的大独裁者。卓别林在人物造型上非常明显地仿照法西斯头子希特勒,并通过表演对这个人物进行辛辣的讽刺。

[②]指卓别林演过一部《乞丐与狗》的无声电影。

查理气呼呼地离开了画室。玛丽和凯厄斯也赶紧跟巴勃罗道了别,跑过阴森森的走廊,去追他们那个郁闷的朋友了。他们刚走到房子的外面,就发现他正往地平线那边看。

"我从来没想过贫穷是件好事,也不会觉得贫穷能教会我什么东西,"他的目光仍然盯着地平线,"贫穷唯一教给我的东西就是扭曲的价值观。饥饿和对未来的恐惧一直贯穿我的人生。不管我将来变得多富有,我都会一直惧怕下去。"他叹了口气,转过身来看着两个朋友,接着说,"我感觉像是被鬼,被穷鬼缠住了一样。你们现在明白了吗?我最大的恐惧是将来穷得不得不把靴子烤来吃了。"

"你这头猪!"玛丽一拳砸在他的肩膀上高声说,查理不由得哈哈大笑。

第十一章 玛丽的谜团

他们三个走在月台上,从人群中挤了过去。人们正拖着箱子从月台一头拥向另一头,行李员拖着重重的皮箱跟在乘客后面。不管他们怎么用力推搡,仍然淹没在许多赶往地下室、行李寄存处和出入口的人群中。奇怪的是,那些人尽管行色匆匆,却不会互相碰撞。凯厄斯和他的朋友无奈地跟在一大堆行李后面。行李的主人是个女的,正往二号月台的对面走去,跟他们三个要去的方向正好相反。最后,他们终于摆脱了人流,来到了正要发车的火车那儿。

三个人大步走过车厢。这时,一名检票员叫住了他们,问他们要车票。

"小姐,"他说着在玛丽的车票上打了个孔,"如果你愿意,可以去卧铺车厢。我可以叫你的女仆把手提行李拿到那里去。"

"女仆?"玛丽受宠若惊,想必是因为自己高雅的气质才受到这般礼遇吧,"今天我的女仆没来。"

"我明白了。"检票员说,然后傲慢地打量着两个男孩的穿着,"小姐要让两个仆人坐在最后一节车厢吗?"

两个男孩看着玛丽,她似乎很享受眼前的情形。

"噢,不用了。"她说,"我的秘书得陪着我。"

"如你所愿,小姐。你要是需要什么,尽管找我。"他轻轻鞠了一躬,随即离开了。

查理和凯厄斯双臂交叉,气鼓鼓地站在那里,等着玛丽的解释。她冲他们笑了笑,夸张地扬起鼻子。"你们还等什么?"她奚落道,"还不快给我上茶。"

凯厄斯重重地叹了一口气,仰面躺在三等舱的座位上。五分钟后,汽笛声响起,火车开动了。两个男孩聚精会神地看着沿途的风景,玛丽则仔细研究着一张地图。这样的旅行有些枯燥、单调。映入眼帘的只有光秃秃的土地,偶尔还有几个棚户,或是轨道旁边几幢破落的建筑物。

"我怀疑杀手不会在这里抛尸。"查理分析道,"在这里抛尸的话就太麻烦了,连个藏尸的地方都没有。"

"我同意。"凯厄斯仍然看着没几棵树的平原说,"肯定会被人发现的。可那个坏蛋到底是怎么处理尸体的呢?"

"冷静点行吗?"玛丽的手指顺着地图上一条路线移动,"我们还有很远的路要走。兴许在到达下一个车站之前我们能想明白呢。"

"我一点儿也不喜欢这个点子,"凯厄斯看起来十分担心,"要是我们什么线索都没发现呢?到时候我们就得彻底放弃了。"

"不会的!"玛丽斩钉截铁地说,"要是我们找不到足够的线索破案,就得动用我们的想象力了。"

"想象力我有,但我觉得光凭想象力破不了这个谜案。"

"放松点,凯厄斯,不要放弃。我们会找到线索的。我有预感。"

旅程快要结束的时候,火车经过一个急转弯,慢了下来。

"我们现在在哪儿啊?"凯厄斯问道,他伸长脖子,朝窗外望去,想更好地看看外面。

"快到小教堂站了。"查理回答道。

"小教堂站？"玛丽折好地图，走到窗户旁边，"那里真有个小教堂吗？"

"是啊，这个地区都属于圣埃莱恩教堂。"

"那么来来往往的人也多喽？"

"我不知道。我想只有本地人吧。"

"你为什么对教堂这么好奇？"凯厄斯怀疑地问道，他注意到了玛丽眼中兴奋的光芒。

"教堂，"玛丽神秘兮兮地小声说，"终于跟我的想象对上了。"

"那跟我们说说你心中的想法呗。"

"咱们来玩个游戏吧，"她建议道，又递给他一个苹果，"如果你猜对了，我就把我的想法告诉你。"

"什么游戏？"

"我和我姐姐喜欢自创一些特别悬疑的故事，还喜欢用谜语考验对方。"

"你们刚才是说谜语？"查理往他们这边坐近了些。

"我也挺喜欢的，"凯厄斯吃着苹果说，"那你就考考我吧。"

"好啊。"查理也来了兴趣，换了个舒适点的姿势，"考考我们吧。"

"好吧，你们注意了，"玛丽面对两个朋友说，"典狱长看着所有死刑犯的档案时，发现三份档案跟别的档案搞混了。那三个犯人服刑期满后就可以释放。于是典狱长叫来了秘书，叫她把档案放到合适的柜子里。他的秘书把所有档案都拿走了，结果又都混在了一起。她不想告诉典狱长，希望自己解决这事儿。她只记得那三个服刑犯刑期的乘积是36，加起来恰好是……"玛丽不说了，她突然站起来，指着车窗外面，"那辆汽车上的车牌号。"

凯厄斯也跳了起来，想看清楚车牌号，可惜太迟了——那辆汽车已经不在那里了。

"问题来了，"玛丽再次坐下来说，"三个囚犯每人分别服刑多少年？"

火车站谜案

"嘿,等等!"查理抱怨说,"我们都没看清楚车牌号是什么。"

"你先等会儿行吧?我还没说完呢,"她说,"那个秘书即使知道服刑相加的数字,她也没能把问题解决。然后,她又记起一件重要的事儿——那个服刑年数最多的囚犯会弹吉他。"她盯着两个朋友看了一会儿,"你们现在就打算放弃了吗?"

凯厄斯拿出纸,把各种可能性都列了出来。他先是检查三个数字相乘后等于 36 的情况,然后又将三个数字相加的结果算了出来:

$36 \times 1 \times 1=36$,三个数字相加后为 $36+1+1$,结果是 38;

$6 \times 6 \times 1=36$,相加的结果为 13;

$18 \times 2 \times 1=36$,相加的结果为 21;

$1 \times 12 \times 3=36$,相加的结果为 16;

$4 \times 1 \times 9=36$,相加的结果为 14;

$2 \times 2 \times 9=36$,相加的结果为 13;

$2 \times 3 \times 6=36$,相加的结果是 11。

"这不公平,"查理嘟囔道,"我又不知道车牌号是哪个数字。"

"这跟我们遇到的情况是一样的,我们不是正在破解一个没有尸体的案子嘛,即使没有看到车牌,你也能破解这个谜题。你要相信自己一定能破解就对了。"她鼓励查理道,又递给他一个苹果,"看,凯厄斯正在努力呢。"

查理靠在凯厄斯的背上,瞥了一眼几个数字相乘和相加的结果。

"最后一个线索没什么用处,"凯厄斯分析着结果说,"知道那人会弹吉他跟破解这个谜题有什么关系?至少有六个乘积的结果满足其中有一个人服刑期限最久的条件。"

"这样的话你只可以排除一个,"查理说,"这个。"他指着"$6 \times 6 \times 1=36$"

123

的等式。

"那个糊涂的秘书怎么能找到三个罪犯的刑期？"

"这个容易。因为她知道刑期的总和。"查理说，"如果看到了车牌，我们也知道。"

"这个谜题有问题。"凯厄斯又仔细看了看数字，严肃地说。他总觉得哪里不对劲，问题应该不是出在数字上。他死死地盯着数字，生怕疲惫的眼睛看漏了什么线索。他自言自语："如果秘书知道刑期的总和，为什么还不能解决问题？为什么还需要最后一个无用的提示？"

凯厄斯盯着玛丽，玛丽正兴致勃勃地看着他绞尽脑汁地想问题。这么久还没把难题解决，他心里很是懊恼，干脆不再理会周围的环境了。他闭上眼睛，任思绪驰骋。

火车上的时间似乎过得很慢。凯厄斯和查理的表情很木然，像是整个人正飘荡在火车驶过的旷野上空。

"我们还是看看写在纸上的谜团吧。"查理突然对凯厄斯说。

两人集中精力，久久地盯着上面的问题，各自想着对策。

"凯厄斯！"查理看起来要爆发了，他看着那张小纸，脸上突然扬起一丝得意的表情，"看看我们做的好事！"

"什么？"

"看啦，"他说，把下画线部分跟其余的部分再次连接起来，"看！我们删掉的那个等式的和。"

"我知道，不就是13吗……"凯厄斯重复写那组数据，"简直难以置信。"他们相视一笑，然后轻蔑地看着玛丽，"所以即便那个秘书知道总数也没办法解决那个问题。你真聪明，玛丽小姐。"

"你这是在唬我。凯厄斯先生，你想都别想。"

"唬你？"查理脸上露出震惊和受伤的表情，"那么，你那道题的答案就

是两个狱友刑期是两年的……"

"第三个则是九年的。"凯厄斯说,跟查理击了一下掌。

"我只想知道,"玛丽说,"你们是怎样得出这个答案的?"

"最后一条提示啊,"凯厄斯说,"秘书知道刑期的和也不能解决答案,是因为有两种情况不仅乘积一样,和也是一样的!"

"和都是13。"查理说,"根据你给我们的线索,那个刑期最长的犯人会弹吉他。也就是说,一个犯人的刑期比另外两个的要长,会弹吉他是条干扰项。所以,虽然'6+6+1'和'2+2+9'两个等式的答案都是一样,但只有第二个才是正确的。"

"我们真是太蠢了。无论如何也不能把正确的结果画掉啊。"

"没错。"查理欢快地说,"这个谜题之所以复杂是因为我们没有注意到最细节的东西。"

"呵呵,"玛丽在他们面前转动着最后一个苹果,"你们现在终于像侦探一样思考问题了。不能仅仅因为嫌疑犯不是凶手就将其排除,那人说不定恰恰是破案的关键。"

"是啊,"凯厄斯不耐烦地说,"你就别绕弯子了,告诉我们你到底发现了什么?"

她把空袋子扔进了垃圾箱里,讥讽地冲两个焦躁不安的男孩笑了笑,然后起身朝车厢门口走去,两人立即跟了上去。

"小教堂。"她几乎像是在自言自语。

"没错,小教堂,"凯厄斯没好气地说,"小教堂怎么啦?"

"小教堂里有墓地。"

凯厄斯和查理的胃口被吊起来了,加快脚步跟上了玛丽。

第十二章 墓地线索

"早上好！"第二天早上，玛丽对凯厄斯打了声招呼，她手里端着一杯热巧克力，跟他坐在餐桌旁。

"你好，玛丽！"凯厄斯冲她笑了笑，站了起来。

她将一些黄油抹在了一块吐司上，说："你可以等我吃完早餐吗？我用不了多久。"

"等你？为什么？"

"我想跟你一起去收容所。"她又喝了一口饮料，"你把事情做完后，我们一起去圣埃莱恩小教堂站，意下如何？"

"去那里干什么？"

"凯厄斯！我以为你都想明白了呢。"

"我想明白了啊。你认为凶手坐火车经过车站的时候，利用小教堂的墓地藏尸了。他带着尸体从火车上跳了下来，把尸体埋在了那里。你想去墓地挖尸吗？"

"不，我才没这么想呢。我只想去四周看看，兴许有人看到什么了。"她小口吃着食物，若有所思地说。

"什么？"

126

"因为尸体穿得像乞丐一样。他可以要求挖墓者将那个可怜的人埋在穷人的墓地里。不会有人打听一个穷人的事儿,问他是怎么死的。"

"玛丽,我在想,你不觉得火车减速的地方恰好有个墓地有点太巧了吗?而且那人还穿得像乞丐一样。"

"是啊。你也许说得对。我觉得这是起有预谋的犯罪。凶手可能把受害人带上了车厢,说服他穿上了乞丐的衣服。"

"没错,有道理。"凯厄斯皱着眉头同意道,"那个坏蛋肯定认识受害人。他们可能是朋友。我觉得这事儿也太奇怪了。我记得那个受害人脸上的表情,他像是在寻求帮助……他们会不会是朋友?那人居然背叛了朋友。"

"是啊。"玛丽严肃地说,"那个穿黑西服的男子肯定假装帮朋友打扮成乞丐的样子出城。"

"也不知道他为什么要跑。"

"我们会有机会弄清楚的。即便不知道整个事情的来龙去脉,至少大部分也会清楚的。"

"我只想证实一件事。那个该死的凶手到底是谁?我一直在思考这个问题。"

不一会儿,他们来到收容所,径直朝办公室走去。牧师的助理杜宾夫人正在检索信件,她把文件折好,放在信封里。两人进去的时候,她抬头看了看。

"玛丽小姐,见到你真高兴。"

"你好吗,杜宾夫人?我陪凯厄斯去跑腿呢。"

"好啊,好啊,我听说你们已经成为朋友了。"她的笑容透着一丝意味深长,玛丽的脸有些泛红。

萨缪尔牧师从他们身后的门里出现了。他剧烈地咳嗽着,气喘吁吁的样子看起来像是要窒息了。

"先生的咳嗽看起来很严重,得赶紧治疗了,"杜宾夫人焦急地说,"你没跟波尔医生说过吗?"

"我没事儿。"牧师坚持道,用一块大手帕揩了揩鼻子,"老毛病了。"

"不管怎么样。你的咳嗽可是越来越糟糕了。反正跟波尔医生说说又没有坏处。"

"别担心了。"他说着往杯子里倒了一点茶,不小心洒了一些到地板上,"我不会有事儿的。上帝保佑。"

牧师刚走,杜宾夫人就跑去拿了一块纸巾,弯腰把地上的茶擦干净,身手极为敏捷。

"今天我要送什么?"见她又朝他们走了过来,凯厄斯问道。

"呃,我看看,牧师要你去圣女贞德教堂。"杜宾夫人一边说,一边看着一本黑色封皮的笔记本,玛丽则惊讶地看着玻璃缸里的鱼。她走到柜子前,拿出一个黄色的包裹,交给凯厄斯:"地址是小教堂路18号。"

和杜宾夫人道别后,他们这就准备出发了。

"等等,"杜宾夫人喊道,"凯厄斯,你忘记零钱了。"她往他们这边走来,往凯厄斯的外衣口袋里扔了几枚硬币,热情地拥抱了他,然后再次坐了下来,继续把文件放进信封里,再用口水把信封封上。

"每天都是这个点儿,"凯厄斯咕哝着往前门走去,"我来时她总是在封信封。我送完包裹后,她会坚持给我硬币,简直把我当成了小孩。我一点儿也不喜欢这样,可杜宾夫人就喜欢按部就班,一步也差不得。"

"是啊。她做事很有条理,什么都会清理得干干净净的。她每次往我身边过来的时候,我都会直哆嗦。"玛丽承认道,瞥了一眼一群拿着包裹的乞丐。那些包裹跟凯厄斯手里的有几分相像,只是颜色不同罢了。她若有所思地看着凯厄斯:"不过,凯厄斯,你应该觉得自己幸运才对。要是你现在还为布兰奇夫人做事,情况没准儿还要糟糕呢。"

"你就别提这茬儿了。那个女人无时无刻不在抱怨。"两人关上身后的门离开了。

"早安。"教堂司事说,"请问有什么事儿?"

"我来送包裹的。"凯厄斯说。

"好的。请将你的包裹……"女人打量着玛丽,笑着说,"你把外套留在这里,再去等候室。我去叫胡安修士。"

两人照做了,坐在那里等修士。

"我以为会很快,"玛丽看着墙上的钟说,"到时候去教堂站可就晚了。"

"向来都是这样,"凯厄斯抱怨道,"每次我来这里送包裹,他们都会让我等。郁闷死了。我应该扔在门口就走。"

"每次都这样吗?"

这时,一个身材瘦弱、个子矮小的男子打开门。他们礼貌地站了起来。

"孩子们,你们找我?"

"呃,是这样的,"凯厄斯把包裹递了过去,"我来这里送这个的,是萨缪尔牧师叫我来的。"

"好的,孩子。"他接过包裹说,"还有别的吗?"

"没有了,再见。"凯厄斯这就准备离开了。

"愿上帝与你同在。"

"如果我们快点,"玛丽取下外套说,"半个小时就能到那里。"

他们匆匆出了车站,飞快经过一条两边都是砖砌建筑的马路。玛丽向当地居民问了路,当地人指着路尽头,说沿着那条路走就能通往一个有着尖塔的黄色小教堂。

"你干什么,玛丽?"凯厄斯发现玛丽正从一个卖花人那里挑着花。

"没什么,凯厄斯,我在学福尔摩斯的查案方法。"

"你到底想干什么?"

129

"到时候你就知道了,用不着我解释。我们走吧。"

两人径直走到教堂后面的小墓地。他们仔细查看着一个个小坟头,上面都插着一个简单的木十字架。他们沿着狭窄的小路往前走去,一个手里拿着铁锹的男人朝他们走了过来。

"下午好,先生!"玛丽手里拿着那一小束花,跟他打了个招呼,"你能帮帮我们吗?"

"好的,小姐,请问有什么事儿?"

"我邻居的侄子最近死了,她病得很厉害,叫我替她把这些花送给小弗雷德,但我不知道他埋在哪里。"

"他叫什么名字?"

"弗雷德里克·米勒。"

"呃,小姐,我想我帮不了你。没听说过有这人。"

"就不能看看讣告吗?"玛丽假装哭起来。

"那你得问阿方信神父。这事儿由他负责。"

"谢谢。"她正要跟凯厄斯转身离开墓地,却突然改变了主意,回头朝挖墓人走去,"先生,这些坟墓都是你看管的吗?"

"是的。"

"这些可怜的人都是穷人吗?"

"是的,小姐。"

"他们有你这样一个好心的人照看坟墓真好。"

"谢谢。"地位低下的挖墓人脸上露出自豪的神色。

"这里有很多坟墓啊……你最近埋过很多人吗?"

"没有,小姐,这个礼拜只埋过一个老妇人和五个男人。"

"是你一个人埋葬他们的吗?还是有别人帮忙?"

"就我一个人。"他靠在铁锹上自豪地说,"什么事儿都是我一个人干,

做棺材、挖坟、掩埋尸体。"

"你的工作很重要。不是所有人都有勇气处理尸体。"

挖墓人咧着嘴,露出两排腐烂的牙齿,羞怯地笑了笑。

"你的薪水肯定不错。"玛丽继续说。

"没有的事儿,"他生气地说,"如果我每埋葬一个人能挣一份钱,我就发财了。"

"先生至少比这些可怜的人强,至少比你埋葬的五个人强。他们都是乞丐吗?"

"只有两个是。"

"可怜的人!"玛丽同情地说,用手帕在脸上擦了擦,"他们又冷又病,一个人孤零零地在臭水沟中死去,真是悲惨!"

"啊,其中有一个人是被杀死的。"

"他们杀了个穷人?怎么杀死的?"

"他是被勒死的。"

"勒死的!"凯厄斯脱口而出,往这边走了走,"警方都没来调查就把他埋了吗?"

"呃,孩子,这事儿我可不知道。"他说着把铁锹扛到肩膀上,"他们把他带到这里来的时候,已经在城里的验尸房里登记过了。我的工作就是做具棺材,把尸体埋了。"

"太荒谬了!"凯厄斯大声说。

玛丽试图制止他,但他看起来很生气。

"那人被勒死了,却没一个人在乎?"

"我才不会在意他们呢,小孩。"挖墓人也冲凯厄斯大声说,"每天看到死人已经够难的了。我为什么要担心一个乞丐?埋葬体面的人比这还要糟糕。"

"这位先生说得很对。"玛丽试图让谈话的气氛缓和下来,"这样的事情的确叫人伤心,但面对无辜的孩子,或者那些上了年纪、总被虐待的乞丐,谁都无能为力。"

"这个倒不老,他也就三十来岁。要是我没记错,作为乞丐,他的身体还真算是挺壮实的,他甚至还镶了金牙。我可是头一次见到那样的事儿!"

"不是吧!"玛丽说这话的时候眼睛瞪得大大的。她十分满意调查的进程。

"谁都不会在乎。"凯厄斯咕哝道。

"不过,我有件事想告诉你们。"挖墓人说,"如果警方真想调查这起勒杀案,他们更应该多关注那个女人。"

"什么女人?"玛丽倒吸了一口凉气,瞥了一眼凯厄斯,他同样非常震惊。

"我两个礼拜前埋葬的女人。警方应该调查她才对。她很漂亮,让我想起了我的妻子。真是太可惜了。那些人太坏了,只有心肠坏透了的人才会干出这样的事儿。"

"别担心,先生。"玛丽安慰沮丧的挖墓人道,"我相信他们总有一天会抓到那个魔鬼的。"

"愿上帝保佑,"他叹了口气,在胸前画了个"十"字,"我确信上帝会睁眼的。"

第十三章 相片中的人

凯厄斯和玛丽从寄宿旅馆的台阶走了上去,在一个房间前面停了下来。玛丽没有开门,反倒是弯腰看着门框。她用手指摸着门框上的细缝,找到了一缕细细的直发。

"你干什么?"凯厄斯问,"你担心有人会从你的房间偷东西吗?"

"我向来都会这么做。"她说着打开了门,"只有这样才能知道我哥哥在家的时候会不会多管闲事,也可以知道他有没有碰我的东西。我会在很多地方放上头发。"

玛丽取下帽子,扔到大箱子上面堆着的其他帽子上,那些箱子几乎堆满了整个房间。房间十分凌乱,到处都是箱子、衣服什么的,不过大部分都是一堆又一堆的书。凯厄斯拿起几本书,看了一眼书脊。大多是柯南·道尔、爱伦坡、沃尔特·司各特的作品。

"你有些书不错嘛。"

"我妈妈可不这么想。"

"为什么?"

"她觉得这类文学书不适合小女生。她宁愿我看些爱情小说。不过那也太无聊了!她一点儿也不了解我,不明白我为什么喜欢那些打打杀杀或者充满悬疑的故事,尽管结局可能很悲惨。"

玛丽整理着几本练习书法的笔记本,凯厄斯则在翻看着书。

"这些书都是你的吗?"

"是啊,为什么这么问?"

"这些首字母'A.M.C.M'代表什么呀?"

"这是我受洗时取的名字——阿加莎·玛丽·克拉丽莎·米勒的首字母缩写。"

"你是阿加莎?"

"阿加莎是我的名,但我很讨厌这个名,特别是昵称。每次人们叫我'阿姬,阿姬'的,听起来像是在喊一只鸭子。太糟糕了!我挺喜欢玛丽这个名字的。至少在巴黎的时候,所有人都这么叫我。这个名字感觉好多了。但现在我懒得操心这个。今天的调查真是出乎意料,我们找到了尸体。我迫不及待想把一切告诉查理,他肯定会大吃一惊的。"

"等他发现我们找到两具尸体的时候,他肯定会更吃惊的!"凯厄斯咯咯笑道。

"我们现在还不知道呢。"

"你真的觉得挖墓人跟我们说的那具女尸跟这起案子有关系?"

"我不知道,但是如果真有关系的话,那个逍遥法外的犯罪分子可就太危险了。"

"是啊,我们还不知道凶手是谁。"凯厄斯坐到床角比较空的地方说,"我们甚至不知道埋在那里的人是谁,现在怎么办?"

"没别的办法,我们只能报警,将尸体的事告诉警察。"

"你就调查出了这点东西,就想去报警?你开玩笑吧?我几乎能想象到接下来会发生什么事儿。我们到警局后会说,'警察先生,我们发现一个被勒死的人。'他问,'在哪儿?'我说,'在墓地。'他即便不笑死也会把我们扔

到大街上。"

"这里面肯定有特殊情况。我不相信案子到这里就进了死胡同,那人不可能杀了人还像没事人一样。"

"我在想。要是我们能画出警方办案时那样的素描呢?"

"警方办案时那样的素描?"她若有所思地重复道。

"是啊,我们可以叫巴勃罗为我们画出受害人的样子。"

"我觉得叫他画这种画并不是什么明智之举。"

"为什么?"

"你想想看。他现在一心只想着他的第四维度,他要是从前面、侧面和后面画出人脸,那张脸会扭曲成什么样子啊?我估摸着连受害人的亲妈也认不出他。"

"好吧。"凯厄斯同意道,"那我们还是去问问别人吧。蒙马特地区并不缺少画家。"

"可是,到时候我们把素描给谁看啊?"玛丽绝望地看着他,"而且这事儿还挺危险的。你有没有想过,我们拿着画到处给人看,指不定会遇到什么危险呢!"

"我绝不会放弃的,"凯厄斯躺了下来,沮丧地闭着眼睛说,"亲眼看到一起犯罪却什么也做不了,这事儿真是挺让人窝火的。"

不一会儿,凯厄斯睡着了。

玛丽不知道该做点什么让她的这个朋友心情好过些,于是,她决定拿来写下案子线索的日记本。她逐条看着上面的笔记。她的直觉告诉她肯定错过了什么重要的线索,但不管她看了多少遍,这些潦草的笔记都让她毫无头绪。

"嘿!"凯厄斯喊道,他感觉胸部被什么东西压住了,便突然醒了。

"噢,亲爱的!"玛丽很快抱起刚才打扰凯厄斯的小动物,"我把它给忘了。"

"这只猴子哪来的?"

135

"它是我的小朋友。"

"吓得我心脏病都快出来了!"

"对不起啦。我叫它藏起来,到晚上再出来。我想它可能看到你在睡觉,所以有些犯糊涂吧。"

"你为什么要把猴子藏起来啊?"

"因为我妈妈肯定不会允许我把它留下来。"

"真是难以置信!这玩意儿你是从哪里弄来的?"凯厄斯跟那只快乐的猴子玩了起来。

"我常常和哥哥逛集市。一天,我看到一个在集市拉手风琴的人,他不打算管他身旁那只病得很厉害的猴子了,因为他已经有了一只更年轻的。我寻思着把猴子要来。"玛丽从书后面拿出一根香蕉,给了猴子,"它的小脸像是在祈祷……我没办法不管猴子的死活,于是,我要那个人把猴子给我,把它带回了家。现在我也学会了照顾它,在一个兽医的帮助下,蒙蒂总算活过来了。"

"蒙蒂!"凯厄斯吃着巧克力,吃惊得连眉毛都扬起来了,"你哥哥不是叫这名吗?"

"他也不叫这名,这个只是昵称。他叫路易斯·蒙坦特·米勒。"玛丽纠正凯厄斯的说法,"我的这个隐形朋友还有比'蒙蒂'合适的名字吗?我这样叫它,我妈肯定认为我因为想念在印度服役的哥哥才虚构了一个朋友。不过,她平常不干涉我的胡思乱想。"玛丽笑了笑,这时,她发现凯厄斯出现了突发状况。"凯厄斯!"她尖叫道。

凯厄斯看起来非常绝望,脸都变成了紫色,正紧紧地抓住脖子。

"快吐出来!"她拍着他的背命令道,"吐出来!"看到凯厄斯的情况并没有好转,她吓坏了。

"水。"他沙哑地说。

"最好吐出来！"看到凯厄斯眼里闪出的怒火，玛丽真后悔说了刚才那话。她很快跑向放着一壶水的梳妆台，手哆嗦着倒了些水在玻璃杯里。

凯厄斯喝水的时候颇费了一番工夫，最后终于感觉什么东西从喉咙里滑了下去。

"里面有什么？"

"巧克力里面有胡桃。你现在好些了吗？"

"好些了，这玩意儿差点儿要了我的命。"

"你差点跟车站那人一样窒息死了，凯厄斯！"玛丽抓着他的手说，"你的脸都变紫了！"

"那你还能指望什么？变绿吗？我快窒息死了，又不是病了。"

"凯厄斯，你没明白吗？我是说你的脸变紫了，而不是变白了。"

"那又怎样？"

"你不记得你上次告诉我那个人被勒着的时候脸上是什么样子了吗？"

"我记得啊。我说他眼睛凸出，眼圈是黑色，还有他的脸。哦，对了，我想起来了！"

"没错，要是真是被勒死的，脸为什么那么苍白呢？"

"但我真的看到了，我确定他的脸是煞白煞白的！"

"过来！"玛丽牵着他的手，领着他来到梳妆台的镜子旁边。她打开抽屉，拿出一瓶面霜，涂在凯厄斯的脸上。"你现在明白了吧？"她咧嘴笑道，"我们怎么能忽略这样的细节呢？我现在总算明白了，忽视简单的细节，就可能将调查引入歧途。我真是够蠢的。这才是我们需要的线索。"

"关面霜什么事儿？"

"凯厄斯，谁会在脸上涂面霜啊，尤其是还把眼睛周围涂黑了？"

"演员？"

"是啊！那个埋在墓地的男人是演员。他穿得像个流浪汉，脸上还化了妆。演员会在脸上涂上颜色,上台表演的时候突出面部表情,特别是眼睛,但他们可能不会注意一些细节,比如指甲、头发、脖子,也不会用填充物塑身。我在托基看哑剧的时候觉得挺奇怪的。人们就没注意到吗?如果他们化装的时候注意身体各部分的细节,那就完美了!"

"他是演员。"凯厄斯看着镜中的自己,慢慢明白了,"如果他是演员,肯定跟剧院的人一起工作。我们可以问查理是否有人失踪了。现在我们就可以把他画出来,拿去剧院找人。"

"不用,"玛丽咬着一根手指说,"我有个更好的主意。"她把猴子藏在床头架子上别的玩具猴后面,"跟我来!"

他们冲出房间,朝接待区走去。

"马琳,杜阿尔特先生呢?"玛丽问。

"在他自己的工作室。"

他们从楼梯上到顶楼,那里有个单人房,门是半掩着的。

"对不起。"玛丽轻轻地敲了敲门说。

那个摄影师正站在一个置于三脚架上的照相机前面。"玛丽!"他径直朝他们走了过来,"见到你真高兴。我刚才还在想你。"

"想我?"

"是啊。你是唯一一个我一直没有荣幸拍照的艺术家。"

"可我根本不是什么艺术家。"

"怎么会呢?我可是经常听你弹奏钢琴、唱歌。"

"你只会给艺术家拍照吗?"凯厄斯打断他的话。

"不是啊。我还会拍摄大街上处理日常工作、生活琐事的普通人,但我养家糊口的活计是为上流社会的家庭拍照。"

"杜阿尔特先生。马琳说你这里有巴黎所有艺术家的照片合辑,这是真的吗?"

"这是我的喜好。"他自豪地说,往照相机面前走去,"我会尽力将照片不断更新。"

"我们可以看看吗?"

"当然可以啦!不过我有个条件,亲爱的。"

"什么条件?"

"我必须先给你拍张照。"

"现在吗?"她说着羞怯地揉搓着手,"可是我都没穿身好衣服,现在我很想看看你那本著名的相册,求求你了。"

"好吧,好吧。你这么有魅力让我怎么招架得住呢?"他转身取来盒子,把它拿给他们,"这样吧,我现在就让你看照片,明天一大早你就穿得漂漂亮亮的来我的工作室,我想在自然光下替你拍照。"

玛丽礼貌地笑了笑,跟凯厄斯一起坐下看起了照片。相册里的画家、雕刻家和演员都大有来头。凯厄斯还认出照片中有巴勃罗,他搂着雅各布和另一个人站在街道上。他还看到费尔南德、爱丽丝以及另外一个女人跳舞的照片,她们轻柔的舞姿被定格了下来。尽管他们把每张照片都拿了出来,整齐地堆在一个角落里,但那些照片就像是看不完似的,越来越多。

看到令凯厄斯心跳加速的那张照片时,他们已经疲惫不堪了。

"是他!"凯厄斯的情绪突然燃了起来,指着照片上那个一头棕发的男子大声喊道。照片中的那个男人跟另外几个人站在一起,全都面带微笑。

"你确定吗?"

"确定,就是他!"

"凯厄斯,"她惊讶地说,"跟他在一起的一个人是收容所的牧师萨缪尔,另外一个是住在寄宿旅馆的医生波尔。"

"那他们都认识他,"他说着看了看照片后面的名字,"他叫古斯塔夫·霍恩。"

"杜阿尔特先生!"玛丽喊道。

摄影师正在擦眼镜:"我在呢,亲爱的。"

"你认识中间这个男的吗?"

"有点印象,他是个演员,他曾在收容所的慈善活动中表演过,好像叫古斯塔夫·霍恩。"

"他在哪里工作?"

"我不知道,也不记得了。不过,我肯定写在档案里了。"他朝柜子走去,从一个抽屉里拿出一大沓档案,"汉斯、哈利……霍恩,霍恩在哪呢?噢!他的在这儿呢。他在亚历山大·罗格朗公司工作。"

"档案里还有别的资料吗?"

"只有我拍摄照片的日期。这是两个礼拜前拍摄的。"

"杜阿尔特先生!"她用哀求的口吻说,"你能把这张照片借给我几天吗?我保证把它完完整整地还给你。"

"啊,我做这些都是为了你这个小美人!好吧,不过你别忘了,你明天早上可得来我这儿。"

"就这么说定了。"

他们向摄影师道了别,就离开了房间。

"我们现在去哪儿?"凯厄斯关门的时候问道。

"我的情报处理中心!"

"那是哪里?"凯厄斯惊讶地说。

"哈哈!那就是和马琳聊天!"

第十四章 尸体的脸

"是的,我当然认识他啦。"马琳看着照片,点点头说,"他不就是霍恩先生吗?他在城里的时候经常待在这里,住在他妻子的房间里。"

"他妻子?"玛丽惊讶地看着马琳问道,"他妻子也待在这里吗?她现在在哪儿?"

"我再没有听到伊斯特的消息了,她是两个礼拜前离开的。"

"你知道她为什么离开吗?"凯厄斯问道。

"她午夜接到一个电话就走了。第二天清早,有个人坐着马车来了。他要我把她的东西收拾好,他离开的时候还把账单付了。要我说,她没准儿是跟有钱的情人跑了。她长得真是挺漂亮的……"

"坐马车来的那个男人长什么样儿?"凯厄斯很快问道。

"不是很英俊。一头金发,留着小胡子,一只眼睛是瞎的,至少我觉得是瞎的,嘴边还有道恐怖的疤痕。"

"马琳,你最后一次见到霍恩先生是什么时候的事儿了?"

"这个很容易记的。礼拜三布兰奇夫人过生日的时候他还在。你有没有试过我做的巧克力蛋糕?"

"吃了,吃了,味道挺不错的。"玛丽说,"他有没有提到他妻子失踪的事儿?"

"他看起来有点儿紧张,但没有跟任何人说话。他在派对刚开始的时候就离开了。真可惜!那个派对真是太棒了。我喜欢做蛋糕。那天我去了糕饼店,看见了夫人。"

"马琳,"玛丽唐突地打断她的话道,"你知道他去哪儿了吗?"

"谁?"

"当然是霍恩先生啦。"

"他去旅游了。我端蛋糕去的时候,看见他正拿着手提箱下楼。"

"你知道他去哪儿旅游了吗?"她再次焦急地问道。

"我怎么知道?天哪,我也没有义务知道住在这里的客人的全部情况吧。我只知道他在这里住了很短一段时间。你也知道,他经常到外面演出。只有他的妻子住在这里,寄宿旅馆里到处都是她的东西。一天,布兰奇夫人没了耐心,叫她把东西都收拾好,否则就全送给乞丐。"

"什么乞丐?"

"啊,你不知道吗?她在萨缪尔牧师的收容所工作。等等,你们两个!"她把手叉在腰上,眯缝着眼睛说,"你们两个为什么对这对夫妻这么感兴趣?"

"呃,因为,"她捏着朋友的胳膊,结结巴巴地说,"我们听说霍恩先生认识凯厄斯的爸爸,也许他还认识凯厄斯家别的什么人呢。"

"是吗?"马琳怀疑地看着他们说。

"是啊,就是这样。"凯厄斯深深地吸了口气,证实道,"我父母已经不在人世了,而我又谁都不认识,也许霍恩先生能帮我。"

"马琳!"楼下响起一个声音。

"什么事儿?布兰奇夫人。"

"下来,该上晚餐了。"

凯厄斯和玛丽完全无法预知接下来会发生什么事儿，只觉得一波波恐惧向自己袭来，两人彻夜未眠。第二天早上，他们在厨房里见到了查理。

"太好了！"查理眼睛瞪得大大的，坐在桌旁大声说，"你是说，除了发现了尸体，还知道凶手是演员？"

"凶手是演员，你什么意思？"凯厄斯抱怨道，"死者是演员。"

"那你觉得那个瞎了一只眼睛、脸上有疤痕、拿走受害者妻子的东西，还付了房租的男子是什么人？"

"他说得对，"玛丽说，"凶手的化装技术非常高明，他来这里的时候，就是要让人猜不到夫妇俩被人杀了。"

"没错，可他为什么要杀死那两个人？"凯厄斯问。

"也许是出于忌妒吧。"查理喝了一口咖啡猜测道。

"也许他们两个爱着同一个女人。"凯厄斯推测道，从锅里倒了一些牛奶，"那他简直就是疯子，杀了丈夫不行，还把自己的情人杀了？"

"其实，我觉得他们忌妒的原因另有说法。"查理说，"他们不是演员吗？所以，我认为杀手可能只是不想让他们挡了他发财、出名的道呢。这个行当里发生这样的事情并不奇怪。"

"可他为什么要杀那个女人呢？"坐在查理旁边的玛丽问道。

"我也不知道，"他回答道，"也许是杀人灭口吧。"

"我可不这么认为，这里面肯定另有隐情。"凯厄斯严肃地看着他们说，"有件事我仍然不明白。为什么那个公司没有报警，声称有演员失踪了呢？"

"那人既然掩盖了女人失踪的事儿，肯定也隐瞒了那名演员失踪的真相。"玛丽推断道。

"该死的！"凯厄斯说，"那个混蛋到底是何方妖魔？"

"如果他是演员，肯定也在公司工作。"玛丽喝了一口茶说。

"如果这些推断是真的，那他现在肯定早逃之夭夭了。"查理叹了口气，

继续说,"我在报上看到罗格朗的公司在罗马。哎,当初我特别想跟他一起工作。罗格朗专门为有钱人表演精彩的节目。但这个凶手直接让我的梦破碎了。"

"那我们现在怎么办?"凯厄斯说着往两个朋友身边靠了靠。

"我觉得我们应该从已有的线索入手。"

"我们都有什么线索啊,玛丽?"

"在那张照片中,霍恩跟波尔医生、萨缪尔牧师在一块儿。那就去调查他们,反正又没什么坏处。"这时,她看到稍稍打开的门后面有个影子,便不再说下去了。

"你好,马琳!"玛丽不悦地说着。

"你好。"马琳不自然地打了个招呼,轻轻咳嗽了一声,清了清嗓子,"今天天气挺热的,不是吗?"

"是啊。真是挺热的。"玛丽皱着眉头,"特别是站着的时候。"

"你什么意思?"

"马琳,你站在那里干什么?"

"我在清理画框,怎么了?"她装起了无辜。

"你不觉得没有掸子,这活儿干起来并不轻松吗?"玛丽奚落道,而马琳已经慢慢朝门挪去,准备逃离这个地方。玛丽赶紧叫住她:"等等,马琳,你别走。我有事儿问你。"

"什么事儿?"

"我妈妈的心脏有点问题,我担心我们家里的医生治不好她,你知道波尔医生还看病吗?"

"看病啊,他在收容所工作,照顾那些流浪者。"

"可怜的人,那些人可有得受了。"查理嘟嚷道。

"亲爱的,不怕告诉你,照顾那些无家可归之人的波尔医生可是巴黎最

著名的医生呢。"

"你说那个醉鬼啊？"

"可怜的人！"马琳一屁股坐在玛丽旁边喘着气说，"愿上帝可怜可怜他吧。事实上，他过去真是挺有名的，只是运气不好罢了。"

"他怎么啦？"凯厄斯问。

"他真是个可怜的医生！都是他儿子死后他才这样的。他为了救儿子，想尽了一切办法，可都没什么用。不到一年，他儿子就死于咯血病了。"

"他儿子是得肺结核死的？"玛丽问。

马琳的手冲他们一通乱摆，示意他们不要说这个恐怖的字眼："是啊，是啊。"她沙哑地说，"他儿子死后，他就开始酗酒。我觉得唯一让他活下来的力量是心中的愧疚感。"

"愧疚感？"凯厄斯一脸苦相地说，"为什么会愧疚？"

"没错，就是愧疚感。他觉得治病救人是上帝赐予他的天赋，可他却救不了自己的儿子。我告诉他，我们不能总对这样的事情耿耿于怀。但他不会听任何人的。"

"可怜的人，"凯厄斯重复道，"我还把他当成恶人了。他儿子多大？"

"死的时候也就十三岁。直至今天，波尔医生还保存着他的照片，在房间的相片前还点了一根蜡烛……"她顿了顿，看着凯厄斯，"天哪！你知道吗？你的样子跟他长得很像呢！"

"噢，难怪他第一次见到我时那样看着我。天下还有这么巧的事儿！"

"我想他可能以为见鬼了吧。"查理说。

"其实他是个好人。"马琳继续说，"每次只要他有时间，就会给我治病，给我一定剂量的砷。"

"砷？"凯厄斯差点儿没被牛奶噎住，"砷不是毒药吗？"

"是的，凯厄斯。"玛丽笑道，"砷是毒药不假，但小剂量的砷也可以治

145

病。有一次我哥哥在印度写了封信给我,说他一个朋友得了疟疾,一个印度人用砷给他治病呢。"

"啊,玛丽,"摄影师杜阿尔特大步走进厨房,打断了他们的话,"我终于找到你了。没跟我打招呼前你可不准先走,知道吗?我还想给你拍照呢。现在的光线真是太完美了。快来!"

"现在吗?可是……"

"你就别可是了。你就喜欢推三阻四。"

"那好吧,不过,我要先去拿帽子。"

"我会在我的工作室里等你。"他说完,轻快地出去了。

"小心点,亲爱的。"马琳在玛丽起身之前说,"那人喜欢跟伊斯特说话。"她说着眨了眨眼睛,便离开了厨房。

"不知道她听到什么了?"查理嘟囔道,看了看玛丽,又看了看凯厄斯。

"现在已经不重要了。"玛丽说,手一摆,整了整灰色的裙子和上衣,不愿再谈这件事情了。

"我们现在怎么办呀?"

"案子肯定得继续查下去。"她整了整头发继续说,"你可以去收容所,看看能找到什么线索。查理则去公司看看,查一下跟霍恩共事的演员。"

"那你呢?"凯厄斯交叉双臂责问道,"整天都要跟那个摄影师待一块儿吗?"

"当然不会,凯厄斯,我不会待很久的。拍完照片后,我会去四处找找,看看那对夫妇还留下了什么。我还想去医生的房间里搜搜。"

"你去那里干什么?"查理说,"你就别去打扰那个可怜的人了!"

"我们什么线索都不能放过,亲爱的查理。运气好的话,我也许还能找到凶手的线索。谁知道呢?"她叹了口气,瞥了一眼她在一个银盘中的倒影。

"我只希望经过这番调查后,能找到部分答案。"她冲他们咧嘴笑了笑,

往楼梯走去。

"等等。"凯厄斯喊道,把玻璃杯留在了桌子上,"我跟你一起去。"

"我只是去拍照而已,你必须去收容所。"

"听了马琳的那番话后,我是不会让你单独去那儿的。那人不值得信任。你不觉得他在工作室的态度很可疑吗?"

"你是说马琳告诉我们他认识伊斯特,可他却假装和霍恩不熟?"

凯厄斯点点头,玛丽猜出了他的心思,他觉得挺神奇的。

"这没什么的。"她说。

"你什么意思?"

"马琳亲口告诉我们,那个演员在这里从来不久待,杜阿尔特很有可能不知道伊斯特是他的妻子。"

"你这想法也未免太荒唐了,玛丽!这事情也太可疑了。你跟他单独待在上面可能有危险。"

"你还真以为他在光天化日之下能耍什么花招吗?寄宿旅馆这么多人。"

"我同意凯厄斯的看法,我也不希望你跟那人独处。"查理插话道。

"你们两个怎么回事儿啊?"

"就这么说定了。"凯厄斯挽着她的胳膊说,"我们三个一起去。"

"就是这样,别动。"摄影师大声说,调整着玛丽放在阳台栏杆上的手的位置,又整了整她那顶带有花饰的白帽子。

"拍照要很久吗?"凯厄斯看着杜阿尔特说,摄影师又将玛丽的脸转向右边。

"这可说不准。"摄影师生气地说。

"凯厄斯,你真的没必要待在这里。"玛丽咕哝道,尽量不动嘴唇。

摄影师正用严厉的目光看着她:"你们两个还有事情要做,不是吗?"

"没有啊。"查理噘着嘴说,"我们要跟她待在一块儿。"

"看来你有两个仰慕者了。"杜阿尔特对玛丽耳语道。

"胡说,"玛丽红着脸说,"他们是我的朋友,只是担心我罢了。仅此而已。"

"有些东西只有敏锐的眼睛才能察觉得到。"

玛丽还没来得及反驳,他再次走到她身边,将一根手指放在她唇边,示意她不要说话。

"如果你想知道真相,就必须面对事实。"他走到旁边的阳台,照相机早就放置在了那里的三脚架上,"看着我!"他从照相机后面调整好角度,正好可以用树木林立的街道做背景。她看到了摄影师后面两个痴情的男孩内心的情感,闪光灯一闪而过,那一幕就此定格。

在街上来来回回地送了一天包裹后,凯厄斯回到了寄宿旅馆。他径直去了客厅,躺在沙发上。想起在巴黎发生的所有事情,他的脑袋乱哄哄的,而且他似乎还得了思乡病,怀念起了时间旅行前的生活。

"凯厄斯,"玛丽喊道,"你今天怎么样?在收容所里找到别的线索了吗?"

"什么也没找到,"他叹息道,"他们说伊斯特做事很有条理,话也不多,经常工作到很晚。他们还说她的丈夫有时会出现,他喜欢跟萨缪尔牧师聊天。"

"收容所里有她的东西吗?"

"这个我没去查,玛丽。杜宾夫人就在我面前舔信封,我也不能到处乱翻,对吧?"

"你怎么了,凯厄斯?没事儿吧?"

"就是有点沮丧,没什么,真的。我从来没想过调查一起犯罪要花费这么多精力,要这么长时间。"

"我明白你的意思。小说里的破案速度的确很快,你甚至可以一下跳到最后一页,但要是缺少了推理的过程,那就没意思了,你不觉得吗?"

凯厄斯的心情有所好转，特别是看到查理进入房间的时候。"有消息吗？"凯厄斯问他。

"我这边没什么线索。你呢，玛丽？"

"我已经把这里翻了个遍。"她说，"但我只发现波尔医生的房间像猪窝一样。"

"你呢，凯厄斯？"查理问道。

"我也没找到什么。只知道那个女人做事很有条理，不喜欢说话，那个演员喜欢……"

"跟我们说点别的什么吧，查理。"玛丽焦急地说。

"呃，我跟他的几个朋友聊了聊。霍恩先生经常演些不出名、让人觉察不到的小角色。我给他们看了照片，很多人甚至都不知道他会表演。有少数几个人只记得他客串过临时演员，而且总是迟到。我以前从来没见过这样的情况，一个演员居然不喜欢抛头露面。"

"如果是这样，我觉得他肯定想尽量不引人注意，这样他就可以随心所欲地表演了。"她推测道。

"表演什么？"查理问。

"你说的话困扰我一整天了。只是假设而已……杀人的主要动机一般是什么？"

"忌妒，利益。"凯厄斯说。

"疯狂，复仇。"查理说。

"贪婪，"玛丽推断道，"我看那些犯罪报道时，发现这种动机很常见，一开始的时候，凶手并没有打算杀人，他们甚至对这种事想都不敢想，但是贪婪会让他们……"

"可是凶手到底想从一个穿得像流浪汉的演员那里得到什么呢？"查理说。

"他那样一个可怜的演员,言行谨慎,恰好在一家专为富人表演的公司工作。你们不觉得他非常适合小偷的角色吗?"

"你怎么看那个女人?"查理提醒他们,"她为什么也被杀了?要说动机是出于争风吃醋我还真不信。"

"我觉得这个推断也不能成立,凶手连最小的细节都考虑进去了。他事先研究过行动方案。他非常冷静,没有过多地使用暴力,杀人的时候也没有流血,所以绝不是感情纠葛引发的犯罪。"她一边自言自语,一边在房间里走动着,两个男孩耐心地等着她把话说完,"我们去收容所。"

"什么?"两人异口同声地说,被她的决定搞糊涂了。

"我们得去伊斯特工作的地方看看,今晚就得去。"

趁两个男孩面面相觑的当儿,玛丽已经上了楼。她戴了一顶帽子,很快回来了。

"你现在去哪儿?"查理问。

"我必须去处理一些事情。"她说着离开房间,朝大厅跑去,"别担心,我很快会回来的!"

第十五章 夜访收容所

　　晚上的街道吸引了不少酒吧和歌厅的客人。少数没有前往这些场所的人往巴黎的中心走去,寻找剧院或者城市里更加清净的角落。蒙马特区的道路上弥漫着令人陶醉的喜庆气氛。街区并没有什么不寻常的事情发生,特别是收容所周围的街区一片宁静。但仍有为数不多的警察在街上巡逻,警觉地盯着这片区域。

　　"我们打算怎么办?"凯厄斯问。此刻,他跟两个朋友藏在黑暗的角落里。

　　"我早就跟你说过了,别担心。"玛丽小声说,试图让他冷静下来,"我已经想好了进去的路线。"

　　"怎么进去?"查理小声说,"门都上了锁!"

　　"你就不能相信我吗?"见有个警察朝他们走来,玛丽低下头,拉着他们趴下身子。

　　不过,那名警察并没有起疑,而是吹着口哨,摇晃着警棍,慢悠悠地走了过去。

　　"现在唯一的麻烦就是这名警察。"玛丽看着他嘟囔道。

　　"如果就只是这件麻烦事儿,交给我好了。"查理说着在手里吐了口唾沫，用力揉搓着。他将头缩在外套里，跳起来朝警察走过去，他走路的时候身体不停摇晃。警察挠了挠头，怀疑地看着这种奇怪的行为，往这边走了一步。将脖子缩在外套里的查理假装吓得往后退去，跟着又往后退了退。他很快跑进了黑漆漆的街道里，那名警察则在后面穷追不舍。

"查理这事儿干得太棒了！"凯厄斯把手插进外衣口袋说。

"我们走吧！"玛丽大声说，眼神颇为担忧，"我们必须快点。"

"都锁上了！"凯厄斯绝望地试了试建筑物的侧窗，"别告诉我，我们得破窗而入。"

"凯厄斯！"玛丽生气地看着他，"我这辈子就没干过这事儿，以前没干过，现在也不会干。"

她慢慢把他推到一旁，站在窗前，打了个响指。窗户像具有魔力一样闷声打开了。

"你是怎么做到的？"

答案就是那只现在蜷缩在主人肩膀上的小猴子。

"你也不用这样看着我。"她抱起猴子，辩解道，"我只不过今天下午给收容所准备了一件小礼物。"

他们没再说话，也没感叹这种事情有无必要。他们只是盯着对方的眼睛，很快"串谋"好了。玛丽摸着凯厄斯温暖的手，知道她的秘密肯定不会被泄露出去。

办公室里空荡荡的，桌子上的油灯发出的火苗照在两位入侵者紧张的脸上。他们很快分头行事，两人配合得不错。凯厄斯关上窗户后，在桌上的物品中找寻线索，想看看有什么东西是属于伊斯特的。玛丽弓着身子，在墙上的缝隙或者桌子的抽屉后面寻找着。

"我这里什么都没有。"玛丽说，这会儿，她正偷偷地沿着桌子侧面找寻着。

"我这里也什么都没有。"

"去柜子那儿看看。"

"小心点儿！"凯厄斯喊道，玛丽往柜子那边走去的时候差点儿把养鱼的玻璃缸撞倒了。

"好险。"

"柜子锁了。"

"不要紧。"她从帽子上拿下一个别针，熟练地开了锁。

"你什么时候学会撬锁的？"

"在家就会了。我哥哥老把一些东西藏起来不让我发现，他尤其喜欢把巧克力藏在柜子里。"凯厄斯惊讶地看着她，玛丽冲他笑了笑，"相信我，我不会用这样的本事干坏事的。"

"把人家的柜子打开也算是干好事儿？你要跟我解释吗？"

"我会的。"她转头看着柜子里面。前面堆了不少旧外套，还有不少用不同颜色的纸包着的包裹。

"今天可真够倒霉的，"凯厄斯坐在地板上说，"我们什么线索都没发现。"

"你这就打算放弃了呀？"玛丽说着拿了一个包裹。

"玛丽，你可不能打开！"

"冷静点。我能重新包上的，到时候谁也不知道包裹被打开过。我从来都是等不及到圣诞节就拆开礼物的呀！"

"我一点儿也不觉得惊讶。"

玛丽仔细打开包裹，用指尖把里面的东西夹了出来。

"是纸！"凯厄斯说，"我每次送的光是些纸吗？"

"上面还印了《圣经》上的诗。"

"我们的运气太差了，最好赶紧放回去。"

"不,我想先看看。"玛丽把那些纸拿到桌子上,从手提包里拿出一根蜡烛后点燃了。她拿来一张纸,将蜡烛举在纸后面。

"你确定没在学校学过怎么做间谍?"

"看来你是没有哥哥了。我只想确定它们不是用柠檬汁写的,用柠檬汁能写出隐形的字……"

"玛丽!"见玛丽拿着蜡烛照来照去,凯厄斯用胳膊肘捅了捅她,"玛丽!玛丽!"

"别闹。"

"可是玛丽……"他沙哑地说,几乎都喘不过气来了。

"等等!"

凯厄斯把她的头扭过去,让她看朦胧的烛光照耀的玻璃鱼缸。

"不、不可能吧!"她倒吸了一口凉气。

"你没看错,应该没错吧?"凯厄斯兴奋地颤抖起来。

"可这也太多了。"

"只有光直接照在上面的时候才看得见,没错,绝对错不了!我在科学课上学过。太神奇了!这也太有意思了!我从来没想到过这玩意儿会这么漂亮,这么闪光!"凯厄斯想从玻璃鱼缸里拿一颗出来。

"等等!"她说,把凯厄斯的胳膊拽开了。

"什么情况?"

"是脚步声!"她小声说,"我听见脚步声了。"

脚步声越来越近,声音越来越大,步伐越来越坚定。随着脚步声的临近,越发让人感到恐怖。地板每次震颤,凯厄斯脖子上的青筋都随着心跳突突直跳。恐怖的噩梦正是这种感觉,让人感觉怎么也醒不过来。不管你多想睁开眼睛,它们都会逼着你看到你最惧怕的东西。过了一会儿,一切归于沉寂。突然间,一丝微弱的光从门下的缝隙照射进来,一个影子往这边靠近,

有人站在门的那一边……门把手转动了……凯厄斯本能地往后退去，撞在鱼缸上，但玛丽一个箭步冲了上去，护住鱼缸。她用手把油灯掐灭了，一把将凯厄斯推到桌子底下，她也躲在了里面。两人一动不动，紧紧地拥抱在一起，连大气都不敢出，只是恐惧地瞪大眼睛，等着恐怖的一幕发生。

门开了，走廊的光射进了房间里。影子是个男人，他们哆嗦得更加厉害了。令人胆战的脚步声在房间响起，但脚步是谁的却无从得知。那人越走越近，他离他们实在太近了！一只手几乎横在了他们眼前。玛丽靠在了凯厄斯的怀里，生怕被人发现了。那张苍白的手慢慢打开抽屉。影子咳嗽了一声，喘了口气，身份暴露了。凯厄斯疯狂地做着手势，想将那人的身份告诉他的朋友，但玛丽一个劲儿地摆手，示意他不要动。

站在他们前面的男人拿起一副眼镜。他并不知道屋子里有人，随即便离开了。

凯厄斯和玛丽因为担心被抓，吓得整个身子都动弹不得，不过两人几乎是同一时间说话了。

"赶紧离开这儿！"凯厄斯央求道。

"不，我们还有线索要找。"

"别找了。那个牧师随时可能回来。"

"再等等。我得把这个包裹重新弄好。"

"别管了！还是走吧，别磨蹭了！"

"不行。"她将那个包裹重新装好，跟别的包裹放在了一起，顺便在柜子后面找了找，"里面藏有东西，我摸到了。"

"我说的话你怎么就是不听？"

"我们就快找到线索了。"

"我不信！"凯厄斯喊道，"他回来了！"

"等等。"她闭上眼睛，仔细听了听临近的脚步声，"脚步的节奏不同，肯

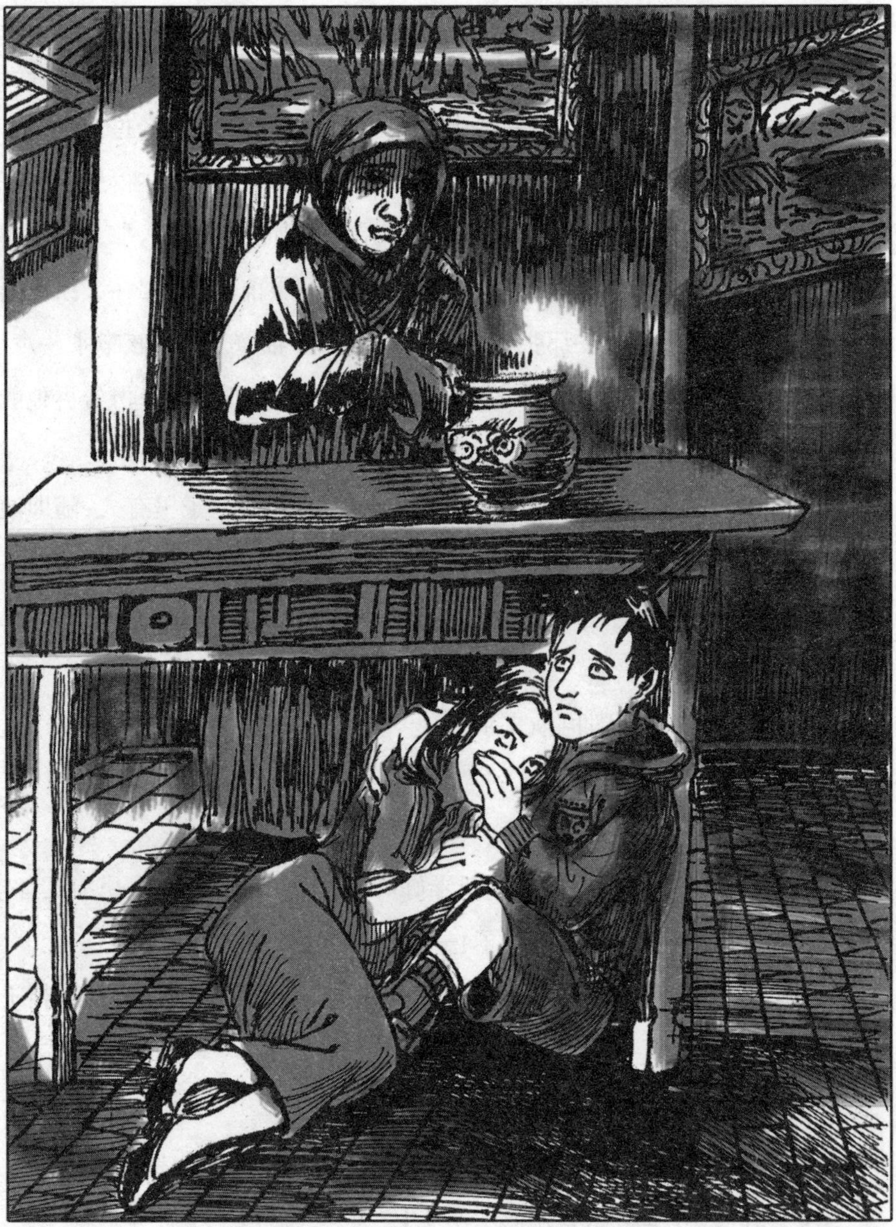

定另有其人。"

"那又怎么样？"凯厄斯说话的当儿已经坐在了窗台上，"快点儿，别让他们抓住了。"

"蒙蒂怎么办？"

"别担心！它会照顾好自己的。"

他们从窗户爬了出去，发现面前站了个人……

"查理！"玛丽倒吸了一口凉气，"别这样！"

"我都干什么了？"

"差点把我吓个半死！"她生气地说。

"我们得赶紧离开这儿。"凯厄斯推开他们说。

"你们两个怎么啦？"查理说，"我好不容易才把那个警察引开，让我想起了以前快乐的日子。"

"以前快乐的日子？"玛丽说，"你不是说你的童年不快乐吗？"

"我是说过啊。但我现在想想，还是有许多快乐的时光。"

"真是的，查理。"她摇摇头，亲切地看着他，然后往街道两头瞧了瞧，想看看是否有人来了，"你看待事情的方式真是挺奇怪的。"

"我一直都很快乐。这也是我解决所有问题的方式。"

"我觉得现在最好用奔跑解决我们眼前的问题！"看到角落的墙上映着一个警察的影子，凯厄斯催促道，"我们赶紧离开这个鬼地方。"

第十六章 黎明的死亡

"钻石!"

"是的,查理!"凯厄斯证实道,"钻石一共有五十颗!"

"不是吧!我们怎么会掺和这样的事儿?事情怎么会发展到今天这一步?首先,我们找到的那个被勒死的流浪汉根本不是流浪汉,这还不算什么!你们又发现了一具女人的尸体。真是难以置信!现在居然出现了两具尸体!不仅如此,他们还被葬在了墓地里。这还不算完,你们还找到一张照片,结果发现那个流浪汉居然是名演员。"

"而且还是为有钱人表演的演员。"玛丽坐在公园的长椅上说。

"那人在空闲时间还是个梁上君子。"站在查理旁边的凯厄斯说,而查理正来回踱着步。

"我从来没见过这种乱七八糟的局面!"查理继续说,"流浪汉变成演员就已经够复杂的了,我们要对付的杀人犯也是演员!演员的名声什么时候变得这么臭了?可事情还没有结束,现在你们又告诉我那个被杀害的女人还在收容所工作。结果,那个地方也根本不是什么收容所,而是收藏赃物的地方!这起案件中怎么会牵扯出钻石呢?"

"别忘了,这些钻石还都被放在鱼缸里。"玛丽一边说,一边用帽子扇

着风。

"他们还真是挺狡猾的。"凯厄斯咧嘴笑道,"钻石放在水中就会隐形了,因为钻石看起来跟水融为了一体。而且,最危险的地方就是最安全的地方,在大家眼皮底下藏贵重物品最好不过了。"

"事情还能更糟糕点儿吗!"查理难以置信地摇着头,叹气道,"事实上,情况可能更坏。我们可能因为这事儿把小命给搭上。我怎么能忘记这样的细节呢?"

"冷静点儿,查理。"凯厄斯安慰道,"没人知道我们了解这些情况,也不知道我们去过那里。希望如此吧!"

"那个牧师呢?"查理想起来了。

"我确定他没有看到我们。"玛丽不再扇帽子了,"另一个人也不可能看见。"

"什么另一个人?"查理看起来都快吓出心脏病来了,"快告诉我!"

"我也不知道是不是还有另外一个人。凯厄斯没让我去一探究竟。要不是赶着走,我们还能找到更多线索。"

"你开玩笑吧?"凯厄斯气呼呼地说,"当时我们要是还不走,肯定会被他们逮个正着。"

"你走得太快了。我还想多调查调查牧师呢。"

"那个牧师肯定是为黑帮做事,跟接收你包裹的人脱不了干系。"查理说,"谁能想到事情会发展成这样!"

"我一直都不怎么喜欢他,"凯厄斯说,"但我真的没想到他跟那些钻石有关……而且他可能也卷入了那起谋杀案!也许那个杀人犯就是他装扮的!他可能会杀我灭口!"

"不会的,凯厄斯!"查理将一只手放在凯厄斯紧张的肩膀上,向他保证道,"他不会杀你的。他要是真杀了你,那他肯定是个疯子。你不认识他,他正好利用你帮他在巴黎跑腿,帮他送东西。谁也不会怀疑你。如果出点什么状况或者你把这个秘密泄露了,他早就会盯上你了,而且那个时候他就会杀了你。想想看,你会把这事儿告诉什么人?你如果说有个乞丐被勒死了,尸体也不见了,谁也不会相信你。只有我们这样的疯子才会信你。"看到凯厄斯缩成了一团,查理拍了一下他的背,"没错,凯厄斯,你特别适合干这事儿,最搞笑的是,你的这份工作还是免费的。"

"你和那些拿着别的包裹的流浪者都不知道包里是什么东西。"玛丽说。

"没错!这个谜团也没有解开。"查理若有所思地说,"那些包裹……你不是说里面都只是包了一张纸吗?那人葫芦里到底卖的什么药?那些钻石跟整件案子又有什么关联?"

"包裹的颜色各不相同。"凯厄斯推断道,"肯定是某种符号,或者暗藏密码什么的。"

"也许是用来识别发送的货物的。"玛丽建议道。

"你什么意思?"

"我们现在只是发现了钻石,兴许他们还有别的宝石呢。"

"如果包裹只是代表某种符号,那他们是怎么送钻石的?"凯厄斯问。

凯厄斯和玛丽继续讨论案情的时候,查理的注意力放在了寄宿旅馆前面一小群忙碌的人身上。他好奇地走过去,想看看那边出了什么状况。几分钟后,他回来找他的朋友,一脸的严肃。

"出什么事儿了?"玛丽问道。

"你们不用再去想那个被怀疑的对象了。马琳刚才告诉我牧师死了。"

"死了?"听到这话,他们目瞪口呆地坐在那里。

"发生了什么事?"玛丽终于开口问道。

"昨晚一辆马车从他身上碾了过去。"

"不可能。"凯厄斯起身说,"他昨晚还在办公室!怎么会死呢?他就是嫌疑犯。案情就快水落石出了。"

三个人急急地向寄宿旅馆走去。

"马琳,牧师出什么事儿了?"玛丽问道。她瞪着眼睛,眼里布满愁云,也不顾寄宿旅馆的伙计和别的客人正在聊天。

"太惨了!他真是个很好的牧师。"她抽噎着说,"居然被马车碾了过去!愿上帝宽恕他的灵魂。"

"阿门!"几个客人异口同声地说。

"可、可是,这事儿是谁告诉你的啊?"

"是警方说的。他们还来找杜宾夫人了。警方现在正在调查这起案子。那个可怜的女人,她整个人都吓坏了。我还是进去给她煮杯茶吧。"

"他们在调查什么?"玛丽继续问道,"你不是说这事儿是意外吗?"

"不是意外。现场有些古怪。"

"我不明白。"

"从他身上碾过的马车司机说不是他的错。他说牧师不知道从哪里突然蹿出来,像疯子一样跑到马前面。"

"我很怀疑他的说法!"一个棕色头发上紧紧扎着头巾的矮个子女人说,"那些驾马车的人经常横冲直闯。真是一群乡巴佬!驾起车来就跟疯子一样。再说了,牧师为什么要乱跑?"

"开马车的肯定脱不了干系,但他是不会承认的。"另一个女人说,"他只是不想坐牢罢了!"

那群人继续七嘴八舌地说着什么,玛丽离开了他们。凯厄斯和查理跟了上去,三人走到了离寄宿旅馆很远的地方。

"我们必须回收容所。"玛丽严肃地说。

"什么,现在吗?"查理不再走了,而是看着她,"这个时候那里肯定有很多人。绝对不行!"

"这没什么要紧的。"玛丽已经决定好了,正朝那个方向走去,"我必须回办公室好好查一查。"

"你还在等什么?"凯厄斯问查理。

"那就再去看看吧。"查理嘟囔着跑去追他们了。

在他们的帮助下,玛丽偷偷地进入了收容所,谁也没有发现她。她那只在收容所过夜的小宠物还帮她打开了锁着的办公室。她很快就出来了。查理和凯厄斯在收容所里表演滑稽的节目,分散人们的注意力。在人群热烈的鼓掌中,三人又趁机离开了收容所。

"钻石不见了。"玛丽说,蒙蒂识趣地藏在了她的帽子下面。

"不是吧!"凯厄斯捋了捋他那头凌乱的头发说,"案情又回到起点了。"

"现在怎么办?"查理问道。

"我们先回寄宿旅馆。我们必须做最坏的打算。"玛丽斩钉截铁地说,然后带头往旅馆的方向走去,两个人小跑着跟了上去。

"你说什么?"

"你不是害怕吧,查理?我们马上就能找出凶手了。"

"那到底是谁杀死的牧师?偷钻石的又是谁?我为什么每次都会惹祸上身?"凯厄斯不停问自己。

玛丽没有说话。她的两个朋友只想让她发表意见,可是她的心思却在别的地方,一副魂不守舍的样子。她的眼睛看着前面,思绪却在繁华的街道那头。即使查理跟她道别的时候,她仍然没有回过神来。

"你去哪儿了,亲爱的?"他们进入旅馆休息室时,米勒夫人问道。她跟杜宾夫人坐在一起。

"妈妈!你没事儿吧?杜宾夫人!"玛丽目光涣散,"怎么啦?你没事儿吧?"

"冷静点儿,孩子,"她妈妈笑道,"我一直都陪着杜宾夫人。你现在感觉好点儿了吗,夫人?"

"是的,我好多了。"她回答道,费了好大的劲儿才把茶杯重新放在她旁边的桌子上。

"我来帮你。"玛丽一边说,一边扶着老妇人颤抖的手,但她仍旧精神恍惚。

"谢谢,亲爱的。幸亏有你和你妈这样的好人可以指望。我得回房间休息了。之前我真是吓坏了。"她用手帕在眼镜后面满是皱纹的眼睛上轻轻拍了拍,"我会怀念萨缪尔牧师的。"

"能够理解。"米勒夫人安慰道,"夫人肯定跟他共事多年了。"

"实际上,我才认识他几个月,不过他真是个好人。我真的没骗你们。好了,我想回房间休息了。明天还有很多事情要做。我还指望你们守丧呢,明天还要举行葬礼。"

"噢,是啊,是啊。我们会守丧的。不过,葬礼开始的时候,我们恐怕已经上火车了。"

"火车?可是妈妈,我们不是要下个礼拜才走吗?"

"我们不能再留在这里了,我也很遗憾,亲爱的。这里潮湿的天气让我身体有些不适。"

"可是妈妈!我们现在不能走。"她央求道,但很快看到了她母亲眼里不容辩驳的神色。

"你不能继续留在这里真是可惜,米勒夫人,但你说的原因我很理解。"

"夫人不会有事儿吧?"玛丽问。她的脸几乎贴在了老妇人的脸上,她看起来像是要打喷嚏了。

"别担心,亲爱的。我还有工作要做,是吗,凯厄斯?"杜宾夫人问她的伙计,拥抱了缩成一团的凯厄斯,"我仍然可以指望你帮忙,不是吗?"

163

面对这样的局势,凯厄斯看起来极为尴尬。

玛丽看着杜宾夫人抚摸着凯厄斯穿着外套的肩膀,脸上露出一丝让人不解的喜色。而接下来让所有人惊讶的是,她忽然将头贴在了杜宾夫人的大腿上。

"噢,杜宾夫人!"她尖声说,居然夸张地哭起来了,"你真是太坚强了。"玛丽用哀求的眼神看着她,又将脸贴在了老妇人的脸上,"上帝会保佑你的,"她揉搓着泪眼,一本正经地说,"正义总有一天会到来。"

"走吧。我要你帮忙收拾行李。火车明天一大早就出发了。走吧,孩子!"米勒夫人对她的女儿说,但玛丽仍然紧紧贴着那个惊魂未定的女人。

"好的,妈妈。"她垂头丧气地说,"如果待在这里对你的健康不利,我们当然得走。"

第十七章 火车站的道别

第二天清晨,寒风呼啸,火车站站长指挥一个身材矮胖的行李员帮米勒夫人搬着大行李箱和手提箱。凯厄斯和查理望着月台,找寻他们的朋友。她一大早就离开寄宿旅馆了,凯厄斯和查理就再没见到过她。米勒夫人假装检查行李,以掩饰自己的担心,两张火车票放在她的手提袋中。

火车已经抵达了五号月台。

"她来了。"看到玛丽视如珍宝一样地拿着她的大宽边帽朝他们走过来,凯厄斯喊道。

"对不起,我迟到了。"

"守时是一种美德。"她妈妈教训道,"你十分钟之前就应该到这儿了。"

"噢,妈妈,没必要大惊小怪。这里几乎没有什么人!"

"你知道我向来不喜欢拥挤的场面。"

"我早跟你说过我要跟阿尔伯特和巴勒罗道别的。"

"你跟他们说上话了吗?"凯厄斯问道。

"呃,阿尔伯特还在沉思,巴勒罗也在画室里埋头工作。不过,我给他们分别留了个小纪念品,我确定他们会喜欢的。"她朝凯厄斯眨了眨眼睛,他谨慎地笑了笑。

"好吧,亲爱的,我觉得你该跟你的朋友道别了,他们已经耐心地等了你一个早上了。"

"再见,玛丽。"查理说。他突然变得特别害羞,但还是飞快地在玛丽的脸上吻了一下:"我会写信给你的。"

"我也会写信给你的,查理。不过我得提醒你,我的字写得很糟糕。"

"多多练习,少找借口,亲爱的。只要下定决心,什么事儿都能做到,你甚至能成为一名作家,只需加把劲就行了。"

"再见,凯厄斯。"玛丽说,紧紧地抱住了他。

"我会非常想念你。"凯厄斯目不斜视地看着她说。

"别担心。"她笑了笑,手里仍然拿着那顶藏着猴子的帽子。幸运的是,米勒夫人正忙着检查最后一个搬上火车的行李箱。"不会有事儿的。我相信案子一定会水落石出。"玛丽坚定地说。

"我没有想案子的事儿。"他坚毅的眼神显得特别真诚。

火车慢慢地载着玛丽走远了,留下依依不舍的凯厄斯和查理。离别的痛让人难以忍受,他们伤心地朝空荡荡的月台挥舞着手,像是定格在了那里。阴沉的天空淅淅沥沥地下起了雨,两个男孩感伤地离开了墓地。除了凯厄斯和查理之外,还有一小群人陪同马琳跟牧师做了最后的道别。杜宾夫人的脸上透着一丝伤感,决定先回收容所处理一些杂物,那里看起来比以往拥进了更多的流浪者。

跟别的义工一起为流浪者端上早餐后,凯厄斯放了一天假。熙熙攘攘的街道并没有让他的心情有所好转。玛丽和查理都不在,他决定先回寄宿旅馆。他刚到那里,就直接去了客厅。那里的一切让他不由得想起了玛丽。他甚至都没心思理会案子。他坐在舒服的沙发上,开始走神。脑海里全是乱七八糟的画面:玛丽在车厢里吃苹果的情形;他看报纸时,玛丽靠在他肩膀上的情形;她在公园里教阿尔伯特溜冰时的情形;她在收容所里坚持打开

锁着的柜子，检查包裹和旧外套的情形……那些外套就跟他现在当成枕头的外套一样。画面乱糟糟地在他的脑海里涌现，不一会儿，凯厄斯沉沉地睡了。

他梦见了那个被谋杀的流浪汉，但那人并不是被电线勒死的，而是被塞在嘴里的钻石闷死的。他的脚陷入了成堆成堆的包裹里，他伸手想抓住前面什么东西——原来他想抓住凯厄斯。噩梦让他淹没在恐惧之中，他的眼睛怎么也睁不开。凯厄斯想要逃离梦境中的马车，但外面却是无底深渊。那个杀人犯不知从什么地方钻了出来，将他推入了万丈深渊。

"嘿，冷静点！是我！"查理正抓着他胡乱挥舞的胳膊，凯厄斯已经醒了，重重地喘息着。"做噩梦了吧？"查理松开手，重新戴上那顶平顶帽，"你没事儿吧？"

"真见鬼！"凯厄斯懒洋洋地躺在沙发上，摸了摸脑门，皱起了眉头，"噩梦越来越恐怖了。"

"你梦见那个被勒死的人了？"查理问。

凯厄斯点点头。

"我也经常被噩梦搅得不得安宁。"

"那你是怎么摆脱那些噩梦的？"

"只有梦结束的时候才能行，真的。这样才会永远摆脱它们。"

"至于我的这个噩梦，看来只有我把案子破了才会消失。"

"没错。可惜玛丽已经不在了。她很擅长破解这类谜团。将来也许她会放弃做歌手的梦想，考虑做个侦探。"

"是啊。"凯厄斯笑道，"那样她就不用面对观众了。"

"我们最好把这里收拾好，免得布兰奇夫人看到了。现在是午餐时间，如果我在这里无所事事，她肯定会找我麻烦的。她早就想把我从厨房里赶出去了。"查理将凯厄斯扔得到处都是的垫子整理好，"你的外套乱糟糟

167

的,都皱了。可怜的人！我想即使是流浪汉也不会穿这种差劲的外套。你怎么啦？"

凯厄斯接过外套,陷入了沉思中。

"外套。"

"外套怎么啦？"

"收容所的柜子里有很多外套,跟不同颜色的包裹放在一起。"凯厄斯坐了下来,盯着自己的外套。

"那又怎么样？收容所向来有很多外套啊。"

"这没错,但为什么要锁在柜子里呢？不应该跟别的衣服放在一起吗？"

"你觉得外套跟包裹有关联吗？"

"我不知道。"凯厄斯心不在焉地说,"那些外套都是黑色的,有两个口袋,都是同一个类型。我从来没见过收容所外面的人收到过这种外套。"

"没有吗？"

"只有流浪者会穿着……"凯厄斯瞪大眼睛看着他那焦急的朋友。

"凯厄斯,不要告诉我这外套跟我想的一样,也是从那里来的？"

"的确是她在收容所给我的……"

查理和凯厄斯目瞪口呆地站在那里。他们一时没有说话,突然意识到了什么,让两人不寒而栗。他们没再迟疑,立即在外套里搜寻着。

"简直难以置信。"凯厄斯小声说。可不是嘛！他还真在外套的侧袋里找到了个隐秘的开口:"一直以来,答案都在我自己身上！这些天以来,我就这样揣着钻石跑来跑去！可他们到底是怎么把钻石放在……"

"听着,凯厄斯,那些在街上流浪的人都有这样的本事,跟人撞了一下,就能从他们的口袋里掏出东西。这样说来,把东西放进别人的口袋更是小菜一碟。"

"我明白了。"凯厄斯拍了一下脑门说,"我怎么这么笨呢？"凯厄斯把外

套扔到一边,开始在房间里来回踱步,"难怪那个接待员每次都坚持要我把外套脱了。趁我像傻瓜一样等着派送包裹的时候,他们就把钻石从侧袋的开口里拿出来。那个老女人甚至不用在我身上撞一下就能把钻石放进去,因为她总是把零钱放进我的口袋里……我还以为她对我很好呢。我甚至以为她只是把我当成孩子。真没想到是她!一直以来她都在利用我。那个大骗子将钻石放在了这个口袋里,我却一直蒙在鼓里!"

"天哪!"查理骂道,"你说的她是谁啊?"

"杜宾夫人!"

"那个看起来手无缚鸡之力的老女人?你不是在跟我开玩笑吧!"

"就是她!"

"可是……等一下!"他的目光在房间里扫视了一周,想把整个案子弄明白,"我本来已经接受这个流浪汉不是流浪汉,凶手只是演员,收容所也不是收容所的故事了。但现在你又要告诉我那个老女人压根就不是老女人吗?"

查理突然转头看着凯厄斯:"凶手是……"

"杜宾夫人!"两人异口同声地喊道。

第十八章 出人意料的结局

"快叫医生!"

凯厄斯和查理目不转睛地看着一个刚进入寄宿旅馆的男人。

"快叫医生,拜托了。"他看着他们尖声叫道。

"搞什么鬼,为什么这么吵?"布兰奇夫人在接待处后面吼道,"我的寄宿旅馆为什么这么吵,埃米利亚诺先生?"

"是的,夫人,她看起来病得不轻,就在外面的街道上。"那人很快跑开了,往一间一间房子瞅去,"波尔医生呢,他在哪儿?"

"冷静点儿!"马琳站在楼梯上说,"波尔医生在他的房间里。我去叫他。"

"快点儿!"他绝望地喊道,"我不知道她还能坚持多久。她可能会死!"

"会死?"布兰奇夫人大声说,"到底谁会死啊?"

"杜宾夫人!是杜宾夫人!"

"是她的心脏出问题了吗?"站在一个老女人旁边的小女孩问道。

"不是。"另一个女人说,"我看着不像心脏病。她捂着肚子呢!"

"也许是吃了鱼露的缘故。"一个戴着厚厚的眼镜片的女人说,其余的客人都慢慢聚集到沙发周围。

"你什么意思,鱼露?"厨师抱怨道,"杜宾夫人还没吃午饭呢。"

"那肯定是我们昨晚吃的海鲜。"一个男人说,"我当时就觉得那些贝壳挺难闻的。"他抽了抽鼻子说。

"不、不可能。"一个头发黝黑的矮个子女人说,"我吃得就挺好的,没觉得有什么不对劲儿。"

"我也吃了很多,也没感觉肚子痛啊。"一个胖女人同意道。

"你们居然敢说问题是出在食物上,"布兰奇夫人用拐棍指着人群,气呼呼地说,"这里不会有人因为吃了我的食物出问题的。"

"对不起,布兰奇夫人,"坐在病人旁边的波尔医生说,他正在检查病人的脉搏,"但这种可能性也不能排除嘛。得看病人的反应,剂量相同的毒药对人的影响并不一样。"

"毒药!"所有人都倒吸了一口凉气,凯厄斯和查理也没有例外,他们正从房间对面看着这一幕。

"你什么意思?毒药?"布兰奇夫人嘲笑道,"胡说八道!"

"这个女人是砷中毒了。"

"砷?"马琳在胸前画了个"十"字重复道。

"你怎么这么确定?你这个冒牌医生!"布兰奇夫人尖叫着,"你倒是说啊?"

"我跟你说,夫人,砷中毒的人的呼吸和汗液里有大蒜味。"

布兰奇夫人试图让自己冷静下来。毕竟,她面对的可是少数几个按时付房租的客人之一。

波尔医生严肃地看着她,对布兰奇夫人的态度还算满意,他继续说:"现在我们来具体检查一下。"

马琳看着医生,尽管医生面容憔悴,但似乎对自己的诊断结果十分自信。

"如果没有进一步的并发症,她不会有事儿的。不过,我想知道病因。对了,谁准备的晚餐?"

"你是说其他人也有可能中毒?"一名客人大声说。

"是的,有这个可能。"医生证实道。

"你不会怪罪我的食物吧。"布兰奇夫人扬起拐杖警告他们道,"我没发现我的食物里有任何异常情况。"

"砷是一种无色无味的物质。"摄影师杜阿尔特从一群女人后面走了出来说,"有可能是放在蘑菇汤里面。"

"真是活见鬼!"布兰奇夫人喊道,"不可能!我的寄宿旅馆不可能发生这样的事儿!"

"请你冷静,夫人,"马琳说着让她将那个指着众人的拐棍放了下来,"我相信这件事情一定有个合理的解释。"

"波尔医生。"马琳往后拦着布兰奇夫人,小声对他说,"会不会是食物中毒?这比故意投毒更解释得通。"

"夫人,测试之前我不好妄加推测,不过,根据她的症状,更重要的是,根据我的经验,病人应该是砷中毒,这点我还是有把握的。"

"可是,为什么只有她一个人中毒呢?"

"人们的反应并不一样。夫人,你应该知道我给你开过砷这种药,你不也没事儿吗,对吧?"

所有人都看着马琳,她尴尬地缩了缩身体。

"大伙儿都让到一旁吧!"医生命令客人,"让她可以顺畅地呼吸!"

所有人都往后退了一步。

杜宾夫人嘟囔着,嘴里发出奇怪的声音,像是在咆哮。她哆嗦得很厉害,眼镜从鼻梁上滑下来,掉到地板上。医生将她的头抬起,放在大腿上。也就是这个时候,出乎意料的一幕吸引了围观者的注意——夹住她那灰色头

发的别针松了,露出了下面黑色的短发。

"是个男人!"马琳捂着张大的嘴巴尖叫道,再次画了个"十"字,"天哪!"

"杜宾夫人是个男的?"埃米利亚诺不解地说,"不可能!"

"是个男的!是个男的!"许多人都看得真切,附和道。

有人发出恐惧的尖叫声,有人抽泣,有人恸哭,有人胡乱地窃窃私语。悬念顿起,就像眼前这个化了装的痛苦男人一样,一切成了谜。

"快拿水来!"杜阿尔特央求大家。

"胡说!"布兰奇夫人嘲笑道,"快报警!"

"大家都请冷静!"一个男人命令道。此人说话的时候,黑黑的长八字胡和山羊胡扬了起来,陪同他的还有两名警察。

"你是谁?"杜阿尔特问道。

"我是托里奥普警探。"他回答道,随即脱下外套,取下圆顶高帽,交给其中一名警察。

那个假冒女人的男人仍然没有说话,像是中毒很深似的。突然,他开始剧烈地摇晃起来,还不停地挥舞着手,头不断往后仰。周围的人似乎被这一幕逗乐了,全都好奇地看着他。

"我觉得应该叫牧师来。"马琳建议道,"还没有施行临终涂油礼①呢,可不能就这么死了。"

"不!"那个濒死的男人尖叫道。

医生试图控制这个奇怪的病人,在沙发上帮他把手臂固定下来。看到那个假冒女人的男人似乎喘不过气来了,医生又解开他腰上系着的裙子,惊讶地发现束腰带上有根又长又细的电线。看到那根勒死人的电线,凯厄

---

①天主教神父往往给临终的人或病人施行涂油礼。油代表圣灵。在涂油之前,为临终的人或病人祷告,求主赦免其罪,接受临终的人的灵魂进入天堂。然后用油涂其前额,口念:"我用油涂你,以圣父、圣子及圣神之名,阿门。"

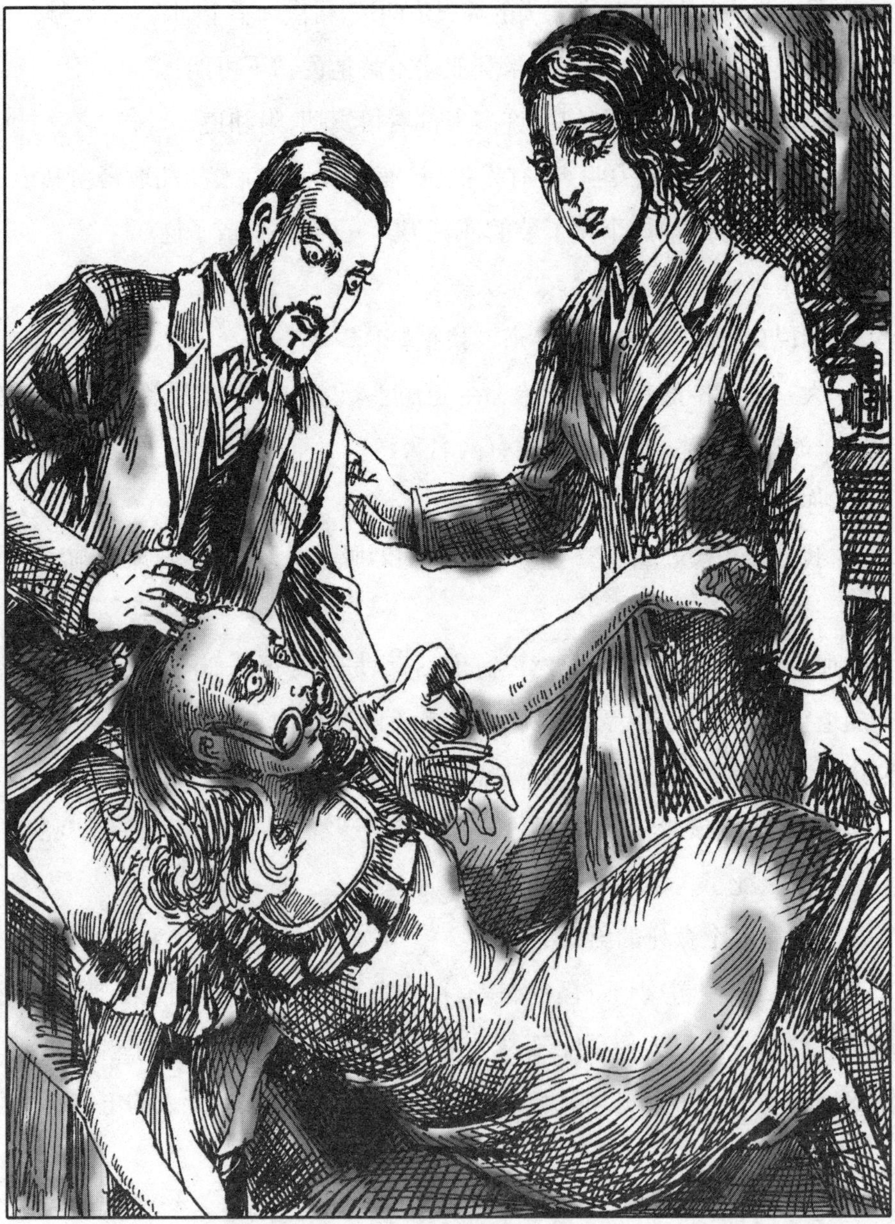

斯显然吓坏了。

男人已经奄奄一息,转头看着身穿制服的警察,表情突然变了,像是在哀求。

"我不能这样死了,"那人含糊不清地说,"他们……因为我没有完成任务……他们想杀了我。"

"他们,他们是谁?"警探问道,"说话啊!你没有完成什么任务?"

"我看见他了。牧师进入那里后……我跟着他进去了。他在打鱼缸的主意……他发现了。我必须让他闭嘴。本来我要杀死他的,但我没完成任务……让他跑了。他不应该死。不应该那样死了。'头儿'不允许我们犯错。现在,他们想杀了我!我失败了!"

"是因为没有遵照'头儿'的指示吗?"警探十分惊讶。周围的人越发不安了。

"'头儿'?"医生问道。

"我们也不是很清楚。只知道'头儿'是一群雇佣兵,专门进行刺杀行动。"

"钻石呢?"查理小声对凯厄斯说,"钻石跟这事儿有什么关系?"

"我怎么知道?"凯厄斯小声回答,"肯定是用来资助犯罪的。"

"真是太疯狂了!我们这都摊上了什么事啊?"查理当着众人的面喊起来。

那名罪犯的身子开始剧烈抽搐起来。所有人都没有说话,空中回荡着轻柔的音乐。

"我要忏悔!是……是……我杀了伊斯特。我也不想,但这是'头儿'下的令,我必须服从。还有霍恩……他们不应该从'头儿'那里偷东西。所有为'头儿'工作的人……其他演员都知道。惩罚的下场就是死。你们难道就不明白吗?我……我……必须杀了他们两个……他们从没有怀疑我是'头儿'派来的。"那人的胸膛开始起伏,大口喘着气,接着又是一通猛烈的咳嗽。过了一会儿,他继续说,"他们信任我。以为……以为我要帮他们逃跑……我……我也不想这么做,都是'头儿'在背后搞的鬼!我是无辜的。"

"这音乐是从哪里传出来的?"查理突然问道,他听了听,扭头向悲伤的曲子飘来的方向看去。

"什么?"旁边的马琳奇怪地看着查理。

"什么音乐?"

"噢,你们说那个啊!"她的目光一直注视着那个男扮女装的人,"是阿尔伯特在拉小提琴。他说音乐能帮他集中精神。"

"只有阿尔伯特才能奏出这么应景的曲子。"凯厄斯自言自语道,他朝已经昏迷的杀人犯点点头,"要说玛丽也真够倒霉的!她今天才刚走呢。"

"到时候我写信告诉她,她肯定会气坏的。"查理说。

现场有了结论,人群逐渐散了。那名警探指挥人员将受害人抬到停在寄宿旅馆入口的救护车里。没人留意凯厄斯和查理跟上了警探。

"他不会有事儿吧?"托里奥普问医生。

"他没有生命危险了,不过恐怕会留下后遗症。我还得测试他的头发样本,以便确定他吸收了多少剂量的毒品。"

"而我必须尽快找出毒害他的凶手。"

"是啊。"

"你知不知道他是怎么被下毒的?又是什么时候中毒的?"

"还不知道,但考虑到毒药发作的时间,很有可能是早上中毒的。你知道谁会向他下毒手吗?"

"任何人都有可能。"警探咯咯笑道,"我会询问所有跟受害人有直接联系的人。等他苏醒后,很多事情肯定会更加明了。可能是他住在寄宿旅馆的演员同事,也可能是收容所里的人……他现在的身体状况能很快说话吗?"

"没这么快……解毒主要是靠自身作用,也就是要通过尿液排出去。不

管是谁下的毒手,都应该是用错了药的剂量。"

"我不这么认为。"托里奥普摸着胡子说,"我觉得凶手可能只是想让大家误认为受害人只是食物中毒。如果他是'头儿'的成员,我想他们肯定不会派这么业余的人来执行杀人任务。我觉得他们可能只是要吓唬吓唬他……或者揭露他的真面目。"

"可是,如果他们真把他杀了,那他就不会把'头儿'这个组织透露出来了,这样岂不是更安全?"

"我觉得他们只是想警告其他人,以防别人指控'头儿'的罪行。"

"如果是我的话,我肯定会非常生气,把什么都告诉警察。"

"是啊,我承认他们的做法也太奇怪了,但现在猜测他们这么做的动机没有用。案情必须经过全面调查才能得出结论。看来这下我要忙疯啦!"

"那个死了的牧师呢?"杜阿尔特问道,"他跟这个案子也有关系吗?"

"我不知道。有可能吧。只有时间才能给我们答案了。"

第十九章 退来的信件

日子一天天过去了,随着时间的推移,再加上寄宿旅馆的日常琐事,大家都慢慢淡忘了上次发生的大事。只有警探偶尔会从一些租户那里带来零星的消息,但大部分人的心思都放在了另一件新奇的事件上。马琳老想着看到飞过城市上空的新玩意儿。她每天都会带来飞机的最新消息——飞行员阿尔贝托·桑托斯·杜蒙建造了一架新飞机,新模型上安装了翅膀,不用借助热气球或者瓦斯就能飞行,不过飞机弄出的动静挺大的。

"天哪!"一个金发意大利女人对站在前门的马琳和一位男士说,"那个叫杜蒙的家伙老是从我们头顶飞过,我怕得要死,特别是他有时还会把飞机停在我的咖啡馆上面,也不知道现在那架飞机到底想要干什么?"

"我知道你什么感觉,索菲亚。"马琳瞥了一眼喧嚣的街道说,"那些开飞机的人真是疯子。你知道吗?有一次,杜蒙先生把一个工厂的烟囱都撞倒了。"

听到这话,坐在她旁边的女人都吓蒙了。

"我没骗你!"马琳继续说,"还有一次,他的飞机落在了一间农舍上。将来还不知道会发生什么事儿呢。"

"这是成长的代价,夫人。"一个手执拐棍的男子说,"我们不能否定这

是了不起的壮举。想想我们今后面对的无限可能吧！"

"如果有一群客人从我的咖啡馆上面飞过，我会考虑多收钱呢。现在我已经要给侍应涨工资了，这样，他们才有胆量从可怕的绳梯上爬上热气球，给顾客下单！"

人群哈哈大笑。这时，查理从他们身边经过，往厨房走去。

"你好，查理。"凯厄斯坐在桌旁说，随即给自己倒了一杯热巧克力。

"我有个好消息。"他的胳膊底下夹着三封信，"猜猜是什么？我收到我哥哥西德尼的信了。"

"他怎么说？"

"他成功了！"

"什么成功了？快告诉我。"

"我要去卡尔诺的公司工作了！"

"哪儿？"凯厄斯问。

"阿尔弗雷德·卡尔诺的公司！他在演出公司工作……"查理兴奋得都快哽咽了，"西德尼在那里当了一段时间的演员了……现在他把我介绍进去了……我会在一部默剧里演出。"

"太好了，卡尔诺公司到底在哪里啊？离这里近吗？"

"可惜啊。我要走了。西德尼和弗雷德在伦敦等我。"查理吻着他哥哥的信说，"但是，如果一切顺利，也许下次我到巴黎来，没准儿能成为卡尔诺公司的明星呢！"

"肯定会的，查理，我相信你一定能出人头地的，不只是在巴黎出名。"

"我会尽我最大的努力取得成功。"他压抑内心的激动，把另一封信递给了凯厄斯，"这是给你的。"

"是玛丽寄来的。"凯厄斯兴奋地说。

"我也收到她的信了。改天告诉我，她在你的信里写了什么。"他说着离开了厨房,"我现在得走了。"

"你不吃早餐了吗?"

"今天不吃了。因为新飞机试飞的事儿,火车站已经乱成一锅粥了。我来这里就是给你送信的。再见。"

凯厄斯跟朋友道了别,很快打开信封——

亲爱的凯厄斯:

我非常想念你和查理,希望你们一切都好。

我现在真想跟你们在一起,亲眼看看杜宾夫人的忏悔,或者换句话说,看看凶手的忏悔。是的,我知道她就是在火车站勒死乞丐的凶手。上次我们从收容所返回的时候,我就问自己:"谁还能进入那间办公室呢?"

当时我闻到了一股强烈的气味,害得我差点打喷嚏了,查理化装后也会有那种味道,我开始怀疑杜宾夫人。为了证实自己的推断,我像在戏剧班里出演《浮士德》一样,夸张地大哭起来。只有这样我才能摸到杜宾夫人的脸,其实我想摸摸她脸上有没有胡碴。

凶手就在眼前,却要忍住而保持沉默真的很难,但我知道如果我不能控制自己的情绪,那么一切都可能毁了。看到你们还抱在了一起,我当时差点没忍住。当时你还穿着那件外套,我记得你曾告诉过我,那件衣服就是她给你的。

那天晚上,我收拾好行李,又去了一趟收容所。我又去柜子里看了看,还检查了那堆衣服。我推断得没错。那些衣服里面都有夹缝口袋。

我忍住没有出声,我相信,如果要抓住那个恶魔,我必须冷静。我不能这么一走了之,让凶手逍遥法外,他随时都可能发现我们在调查他。他可能杀了你和查理。要是这样,我永远不会原谅自己。可是现在怎么办呢?为了破解谜团,我必须想出一个万全之策。

火车站谜案

我想了又想,最后想到了我童年发生的一件事儿。

当年我也就六七岁的样子,偷偷吃了一盘蘑菇。半夜,我活生生被痛醒了,就跑去了父母的房间。我的尖叫声吵醒了他们:"我会死的。我吃蘑菇中毒了!"妈妈让我冷静下来,我跪下来,把自己所干的"坏事"全都告诉了妈妈。在此之前,我妈妈从没想过她的小女儿会这么"坏"。

当时我就很确定了一种想法:如果我因为痛得差点要死了,就交代了自己干的坏事,那么凶手认为自己被人下了毒,肯定也会交代自己的罪行。

我轻而易举地回到了波尔医生的房间。你也知道,这种事儿对我来说完全就是小菜一碟。我从医生那里拿了一点砷,剂量刚刚可以让凶手觉得自己要被毒死了。你肯定会问我为什么知道剂量,这点你大可放心,因为奶奶在家经常用药,我看得多了,自然学了不少。

早上,我回到收容所,将一点点砷涂在了信封的边缘,杜宾夫人不是老喜欢舔信封吗?做完这些事情后,我又把阿尔伯特和巴勃罗的东西物归原主了。这也是我离开之前做的最后一件事儿。

对不起,我没有将这些事情都告诉你。我不想把我精心设计的局告诉你和查理,是因为我想在案情真相大白的时候你们能够表现得很自然。

至于偷窃的事儿,我想让你知道我并非有意让阿尔伯特和巴勃罗担心。我只是听从了阿尔伯特、杜阿尔特和巴勃罗的建议,当时我真的非常生气。他们总是说我必须更加大胆。我也听取了我妈妈的建议,她也总是说我太害羞了。我想做一件谁也不会怀疑是我这种受过正规教育的女孩做的事情。

我答应再也不会用我那个"隐形的朋友"做这种事情,但我不能否认,那也是我经历过的最有趣的冒险。我只需在阿尔伯特的茶里放一定剂量的安眠药,然后我又在给他的空白纸上涂了香蕉,这样他的那些笔记上自然就有了香蕉的味道。我渐渐熟悉了这些套路。至于偷窃巴勃罗的画,因为我

181

[时间旅行者系列]

上次在斯泰因夫人家里表演的时候出糗了,他那样对我,我挺生气的,便决定给他点小小的教训。雅各布跟我妈妈说话的时候,我故伎重演,把香蕉涂在了他的素描上,然后又在他的酒里放了一点安眠药。我那个训练有素的朋友对于这样的事情轻车熟路了。我就在太平梯上等着,它只需打开窗,把画稿交给我就行了。

我妈妈的身体不是很好,医生建议她去开罗过冬。她的心脏问题越来越严重了。我妈妈向来走不了很远的路,上次心脏病发作之后,她几乎都不出门了,但是,在托基这样的地方,一出门就要爬山下山。正是因为这样,我们把自家的老宅租了出去,有了这笔钱,我们外出旅游的费用也就不用愁了。也许我还能从古埃及人那里学会更多跟毒品有关的知识呢。

我只希望那个吉卜赛人对我的预言是错误的。我无法忍受她所说的"你的手中会经历许多死亡事件,但从不会真正地流一滴血"这样的预言。

也许在开罗,我会学着相信一直困扰我的直觉,让我相信有些最不可能的事情,比如,你可能是时间旅行者。

只有时间能够证明我是对的,也许你能写信告诉我,证实我的判断呢?

你永远的朋友:

阿加莎(玛丽)

附言:我的字写得很糟糕,真的十分抱歉。看起来我只有把单词里面的字母换了位置才会阅读,我能记住单词,却总也记不住字母。①我写的字很潦草,而且还经常写错字。幸运的是,我无意成为作家,可是我妈妈却鼓励我以此为目标。

---

①阿加莎有阅读、写字障碍。

有那么几分钟,凯厄斯一动不动地呆在那里。看着玛丽细心写的字,凯厄斯想家了。他一遍又一遍地读着最后一个句子,总觉得有些不安。是因为那个算命者对玛丽说的话吗?然后,他记起来了——

"你会很有钱,也会很出名。你会嫁人,生下女儿。但你会再次结婚,嫁给一个比你小的人,他就像生活在过去年代那样古板、无趣。你会帮助许多人,但你会经历不幸。沙漠!木乃伊!谎言!时间的沙子在你手中流逝,你的手中会经历许多死亡事件,但从不会真正地流一滴血……你将来会用克里斯蒂作为名字。"

最后一句话让凯厄斯惊讶地倒吸了一口气。

"玛丽!"他终于反应过来了,"是阿加莎。她就是后来著名的侦探小说家阿加莎·克里斯蒂。①"

"凯厄斯。"布兰奇夫人跺着脚走近厨房喊道。

"什么事儿?"他终于回过神来。

"那个德国人刚才叫你。他问你是否可以去布洛涅森林公园见他。"

"什么?"他把信放进百慕大短裤的口袋里,惊讶地说,"他怎么啦?"

"八成是跟以前一样。那个疯疯癫癫的德国人肯定又迷路了。你最好带他回来。我可不希望听到他又找借口不付这个礼拜的房租。快去,你这个笨蛋!"她说着用拐棍推了他一下,"快点回来!你还得清理花园呢。"

---

①玛丽原名为阿加莎·玛丽·克拉丽莎·米勒,她在嫁给第一任丈夫阿奇博尔德·克里斯蒂上校后,改名为阿加莎·克里斯蒂,而当她凭借侦探和推理小说出名时,也是用的这个名字。上文中的"沙漠!木乃伊!谎言……"这句话是指,阿加莎曾经在埃及著名古城卢克索的冬宫酒店创作出了著名的侦探小说《尼罗河上的惨案》,从此声名鹊起。

第二十章 伟大的飞行员

"桑托斯·杜蒙!"一名男子跑过凯厄斯身边尖叫道,"看这儿,看着照相机!"他冲那个年轻的飞行员喊道。

桑托斯·杜蒙的个子很小,看起来十分文弱。他穿得非常体面,手里还拿着一顶非常雅致的宽边帽。"看这儿!"男子坚持不懈地喊叫,全然没注意到那个飞行员正在跟两名机械师聊得津津有味。他们全都站在一架飞机旁边。飞机上的绳子已经从一架印着"SD-14"①的飞艇上解下了。

"凯厄斯。"阿尔伯特冲正入神看着飞机的凯厄斯喊道,并将一只手搭在他的肩膀上,"你能来真好。"

"阿尔伯特,你没事儿吧?布兰奇夫人说你要我来这里见面。"

"不是的,凯厄斯,我的方向感从来没这么好过。我叫你来只是希望我们两个可以暂时离开寄宿旅馆,找一个地方在一起聊聊。你不喜欢吗?"

"喜欢啊。不过这里的人可真多!我从来没想过还有机会近距离地观看'14-比斯'双翼飞机②,这跟从照片上看的感觉完全不一样。"

---

① 杜蒙自己制作的第14号飞艇,"SD"是"桑托斯·杜蒙"的英文缩写。
② "14-比斯"是欧洲第一架动力飞机。因为杜蒙曾经用自己制造的第14架飞艇悬吊这架飞机进行试验,所以给它取名为"14-比斯"。

"是啊。照片的感觉和真实的感觉确实不一样。"阿尔伯特漠不关心地说,"你要不要近距离观看一下,我等会再来这里找你。"

"好啊!"他咧嘴笑了笑,消失在了人群中,"我马上回来!"

"不用这么急,"阿尔伯特冲凯厄斯挥了挥手,"随便你看多久!"

没等阿尔伯特说完,凯厄斯已经走到了飞机前面,跟一群观众站在了一起。

"这玩意儿真有意思!"站在阿尔伯特旁边的一个高个子男人对另一个人说。

"要是飞起来才更有意思呢!"

"你还怀疑它飞不起来吗?"高个子男人不服气地说。见同伴点了点头,他不由得扬了扬眉毛:"真是荒唐,小子。你现在可是站在一个堪称奇观的东西面前,却仍然不把它当回事儿?"

"要是哪天桑托斯·杜蒙不用借助飞艇的牵引就把这玩意儿飞起来,我才彻底服了。"

"他肯定行的,对吗,先生?"高个子男人问阿尔伯特,阿尔伯特的目光仍然放在凯厄斯身上。

"先生!"那名男子继续喊道,终于引起了阿尔伯特的注意,"先生,你觉得我说得对吗?总有一天,桑托斯·杜蒙不用借助飞船就能飞起来,他能驾驶飞机上天!"

"会的,会的。"阿尔伯特答道,但仍然盯着凯厄斯,"只是时间问题。在我看来,我们是在继续完成达·芬奇当年提出的设想。"

"我没说错吧。"他冲那个不愿相信飞机能上天的同伴说。

"我怀疑他用飞行员座位后面的单螺旋桨没办法令飞机起飞,那些自行车轮子甚至没办法支撑飞机的重量。要我说这完全就是异想天开,因为飞机太重了,他应该借助铁轨和弹射器让飞机飞起来。据我所知,别的发明家也是这么干的。"

"但是他的飞机完全有可能！这么多年来,桑托斯·杜蒙一直都在建造飞行器,是他最先证明了飞行器是完全可以控制的。而且因为这个,他已经成为世界上最出名的人了。现在他的精力全放在研究飞机上,我相信他一定能取得成功。我们面前的东西可是个奇迹,想必先生一定会同意吧？这个东西将来肯定潜力无限,没准儿还能搭载几百个人飞跃大西洋呢！"

"我知道,我知道。"那名反对者嘴上虽这么说,其实还是不大信服,"不怕跟你说,这种飞机还真让人害怕。我宁愿乘坐那种坚实的旧船。先生同意吗？"他对阿尔伯特说。

"我们总会害怕一些未知的东西。"阿尔伯特说,目光仍然没离开凯厄斯,"我们不应该被条条框框束缚。"

这会儿,人们都乐滋滋地看着飞机试飞,阿尔伯特却看到了所有人都没有看到的一幕,他不由得笑了。凯厄斯突然被一片闪着蓝光的云彩包围……接下来,他毫无征兆地消失了。阿尔伯特冷静地点燃烟斗,转身离开。

"嘿！"那个高个子男人见阿尔伯特要走,大声喊道,"你不想留下来看飞机试飞吗？"

"留下来看看吧。"另一个人说,"谁知道将来这些飞行器能派上什么用场呢？"

"我并不担心未来。"阿尔伯特凝视着天空,看着蓝色的云朵像闪电一样闪着光亮,悬在一架巨型机器的上方。

"未来永远都会与我们如影随形。"阿尔伯特转过身,开始了他漫长的时空旅行。